赤い十字

Красный Крест　Саша Филипенко

サーシャ・フィリペンコ

奈倉有里 訳

集英社

赤い十字

この本の執筆に際してたいへんお世話になりました
コンスタンチン・ボグスラフスキーに感謝いたします

署名が済むと、奇妙な（不動産屋の営業はたいてい奇妙だ）女性スタッフは言った――

「おめでとうございます、よかったですね。お客様、あまりご満足していらっしゃらないようですけど、割にあいませんよ。こちらとしては、家賃と条件のバランス的に最高の物件をご提供させていただいたわけですから！」

スタッフは化粧ポーチから口紅を取り出すと、もはや過去の顧客となった以前の借主には目もくれず、声を落として続ける。

「弊社としてもお客様としても、いわゆるウィンウィンの契約じゃないですか。ところでこちらの物件にはどなたかとご一緒にお住まいになるご予定で？」

「ええ、娘と」

僕は外の保育園を見やり答えた。

「まあ、おいくつですか？」

「生後三ヶ月です」

「あら素敵、できたてほやほやのご家庭ですね！　お客様はきっとあとであらためて、ここに決めてよかったとお思いになりますよ！」

「どうしてですか」

「どうしてって、お話ししたじゃないですか。いいですか。同じフロアの住人はたったの一人。その一人というのが、なんとアルツハイマーを患った九一歳の孤独な老婦人なんですよ。まさに大当たり物件。老婦人と仲良くなれば、そちらの部屋も手に入っちゃいますよ！」

「そうですね」

僕は目をあげずに適当な返事をした。

からっぽの部屋。椅子もベッドもテーブルもない。僕は鞄《かばん》をあけて中身を整理していく。かつての借主はまだ帰ろうとしない。窓際に立ち、思い出を順繰りに片付けながら、まるで洗濯物にアイロンをかけるように、出窓に掛かった滑らかなカーテンのひだを撫でている。そんなことをしたって、どうせ僕がなにもかも交換してしまうのに。

「今日はお一人でこちらにお泊まりになるのかしら？」

「ええ」

「でも、どこでお休みになられるんですか？」

「寝袋も、電気ケトルもありますから……」

「もしよければ、うちにいらっしゃいます？」

「いえ、結構です」

不動産屋はあきらめた。僕は彼女には若すぎる。彼女はかつての借主の腕を支え、ようやく部屋を出ていく。ひとりになり、僕は床に座り込んだ。

これでおしまいだ。僕は思った。幕が下りた。人生が終わり——新たな人生が始まる。超越論的なゼロ。三〇歳を前にして、僕は運命に真っぷたつに引き裂かれてしまった。もう一度、やってみろというのか。異存はないさ。自殺ってやつは性に合わないし、おまけにいまとなっては、娘がいるんだから。

この夜なにを考えていたのかは、あとになって思い出そうとしても思い出せないだろう。頭のなかには霧がかかり、光の筋には埃《ほこり》が舞っている。それ以外、ここにはなにもない。再び生きようと試みる前の、ひとときの休息。ひとつめの物語が終わり、ふたつめの物語が始まろうとしている。断崖絶壁に架ける吊り橋となった人間。もし向こう側に行きたいのなら、自分自身を架けるしかない。「幸せの裏にはいつも過去がある」と母さんは口癖のように言う。「どんな悲しみの先にも、必ず未来はあるのよ」と。

さながら遭難した船乗りのように、僕は未知なる島の探索を始める。ミンスクという街。なぜ僕はここへきたのだろう。ごく身近な国とはいえ、やはり異国だ。赤い教会（ミンスクの独立広場にある赤レンガ建築のローマ・カトリック教会で、正式名称は聖シモン・聖エレーナ教会）、広い大通り、禿《は》げかけた詩人（ヤクプ・コーラスの像）、霊廟《れいびょう》のような共和国宮殿。

立ち並ぶ建造物は数あれど、思い出はひとつもない。見慣れない街並み、見知らぬ人々。ここはどういう国なのか。僕はこの街のなにを知っているというのか。なにも知らない。僕の母はここで、第二の家庭を築いている。

一階の集合玄関前に、捨てられた古書が山積みになっている。そのうちの一冊に目をやると、ヤクプ・コーラス著、『新大陸』とあった。

四階にあがると、階の入口ドアに赤い十印が描かれていた。ちいさいけれど、目立つ。きっと不動産屋の悪ふざけだろう。僕はエレベーターの脇に買い物袋を置くと、その十字を拭きとりにかかった、が、そのとき背後から聞き覚えのない声が響いた。

「なにをしているんだね？」

「ドアを拭いているんです」

と、僕は振り向かずに答えた。

「へえ、どうしてまた」

「どっかのバカが、ドアに十字のらくがきをしたみたいなんで」

「そりゃごくろうさん。あんたのいう『バカ』はこのあたしだよ。最近アルツハイマーの診断を受けてね。いまのところは短期記憶の障害だけでたまに数分前にあったことを忘れる程度だけど、お医者さんの話では、会話に支障をきたすようになるのも時間の問題でしょうと。じきに言葉も忘れ、体を動かすこともできなくなる。どうだ、なかなかやっかいだろう。それで、うちを見つける目印としてここに十字を描いたのさ。まあよく考えればこの十字がなんのためにあるのかも、すぐに忘れるだろうけどね」

「それはお気の毒に……」

　僕はつとめて礼儀正しく答えた。

「いいんだよ。あたしの最期といえばもう、こうなるしかないんだから」

「どうしてですか」

「神様があたしを恐れているからだよ。神様にとって分が悪い質問を、あまりにもたくさん抱えてるからね」


　ばあさんは杖にもたれ、深くため息をついた。僕は黙っていた。いまいちばん話したくないのが神様の話だ。僕は老婦人におやすみなさいを告げると、食料品の入った買い物袋を手に取り部屋に入ろうとした。

「おや、自己紹介もしないの」

「アレクサンドルです、よろしくお願いします」

「ほう。それで、いつもそうして女に背を向けて話すのかい」

「失礼いたしました。僕はサーシャ（アレクサンドルの愛称）、これが僕の顔です。ではさようなら」

　僕はわざとらしい愛想笑いを向けて答えた。

「つまり、あたしの名前には興味がないっていうんだね」

はいはい、興味がありませんよ。クソ、なんてしつこいばあさんだ。そもそも、いったい僕にどうしてほしいっていうんだ？

早く家に入りたい。目を閉じて、いいかげん目覚めてしまいたい。いままで三〇年近く生きてきて、そのトリックはずっとうまくいっていた。耐えがたく嫌なことや、ひどく恐ろしいことはすべて夢のなかのできごとで、現実には決して起こらなかった。僕は幸せで、楽天的で、深い悲しみも苦悩も知らなかった。それがここ数ヶ月、あまりにもつらい日々が続いた。クソ、僕はただ休みたいだけなんだ。

「あたしはタチヤーナ……タチヤーナ……タチヤーナ……あらま、父称（父親の名に由来してつけられ、敬称として名前とともに用いる）を忘れたよ……なーんて、冗談！　あたしはタチヤーナ・アレクセーヴナ。あんたみたいに無礼な若者と知り合いになれて、ほんとに嬉しいよ」

「僕はそうでもないですね」

「そうかい」

「いえ……、ただ、それどころではないんです。すみません、今日はいろいろとたいへんな日だったもので……」

「わかるよ。誰だってみーんな、たいへんな日ばかりだもの。それがたいへんな月日になり、たいへんな歳月になり……」

「お知り合いになれて嬉しいです、タチヤーナ・アレクセーヴナさん。それではまた。どうぞお幸せに、ついでに人生のいろいろすべてが順風満帆にいきますように」

僕は嫌味を言った。

「そう、すべてはこれからなんだよ……」


クソ、いいかげんにしてくれ！　さっきは不動産屋で、今度はこのばあさんだ。僕は話なんかしたくないし、ばあさんも絶対それに気づいているはずなのに。むしろ僕が隙あらば逃げようとしているのをわかっているからこそ、一瞬たりとも黙ろうとしない。


「ああ、そうしてすぐに終わりがくる……一ヶ月後か二ヶ月後か……。じきにあたしも、あたしの運命も、なにもかも残らず消えてしまう。それは、神様が痕跡を消そうとしているからなんだ」

「お気の毒に……」

僕は嫌々口をひらいた。

「ああ、あんたさっきもそう言ったね！　なんでもすぐに忘れるといっても、そこまでじゃないよ。そういえば、あんたの部屋がどうなったか見てもいいかい」

「いや、どうって、家財道具なんてまだ便座と冷蔵庫だけで、なにもお見せできるものはないですよ。一、二週間後ならいいですが」

「じゃあ、うちを見ていくかい」

「いえ、今日はもうなんというか、時間も遅いので……」

「そんな遠慮なんかしないで、サーシャ、お入んなさい！」

おせじにも嬉しいとはいえなかったが、僕はばあさんに従うことにした。よくよく考えてみれば、ボケてしまった老人と言い争うなんて愚かなことだ。ドアを押しあけたばあさんに続いて、僕は部屋に入った。

そこは、まるで画家のアトリエだった。そこかしこにキャンバスがある。でも別に、どうってことはない。僕はこの手の絵画は好きじゃなかった。どこまでも淡い色合い。どの四角形も閉塞感に満ちている。個性のない人々、華やぎのない街並み。まあ、僕は絵のことはよくわからないけれど。

客間の中央には、暗灰色の正方形が掛かっていた。

「この上から新たに描き足していくんですか？」

沈黙を埋めるように、なぜだか僕は訊《き》いていた。

「なんのことだい」

「そこの壁に掛かっている絵です」

「いや、それで完成だよ」

「へえ。なにが描いてあるんですか？」

「あたしの人生さ」

はっはっは。なるほどね！　哀悼のファンファーレに悲劇のパトスってわけだ。まったく人は歳《とし》をとると、自分の不幸を見せつけたがる。あたしの人生さ、か。ハンカチをくれ。いや、一枚じゃ足りない、二枚だ。老人てやつは、不幸なのは自分だけだと思ってるんだな。あやうく、僕は不幸につきましては多くの人にハンデをつけることもできますが云々《うんぬん》、などと口に出しそうになったが、折よく思いとどまった。

「ミンスクは灰色の街だっていう話は僕も耳にしましたが、ここまでじゃないでしょう」

「この絵には、ミンスクはほとんど描かれてないね」

「むしろ、この絵にはなにも描かれていないように見えますが」

「あたしの人生だってのに、違うっていうのかい」

「いえ、僕はなにも……」

「あんた、ようやく家に帰ってきて、なにもしてないのに突然ボケたばあちゃんに絡まれて、延々と人生を嘆くのを聞かされるんじゃないかって思ってるね？」

「お話しになるつもりなんですか」

「興味ないのかい」

「正直、ないです」

「わかってないねえ。あたしは、信じられないような話を聞かせようってのに。話なんてもんじゃない、恐怖そのものの顚末《てんまつ》だ。あるとき突然一人の人間をとらえた恐怖が、いかにその人の人生すべてを変えてしまったか」

「たいへん感動的だと思いますが、別の機会にしませんか」

「信じてないね。しかたない……。さて、一年と少し前のことだ。あたしは、ちょうどいまあんたがいる場所に立っていた。一二月の三一日だったね。雪が降り、二〇世紀が終わろうとしていた。大げさじゃなくまさに、あと数時間で二〇世紀が終わるところだった。時計塔は一二時の鐘を打つ準備を整え、強壮剤をしこたま飲んだ隣国の大統領も、もう疲れたと伝えようとしていた。台所ではテレビが流れ、オーブンのなかではいつものようになにかが焦げていた。あたしはなんの心の準備もしていなかった。これまでの人生で数え切れないほど迎えてきた、なんの変哲もない年越しさ。友達のヤドヴィガが電話をくれるくらいで、こちらからかける相手もいない。パイを食べながら『ともしび』(毎年大晦日に放送される歌番組)を見る。まずはモスクワの新年を祝って、それからミンスクの新年を祝う。つまりは世紀の変わり目にも、なにも期待しちゃいなかったんだけどね、そのとき突然、玄関のベルが鳴った。おとなりさんだろうと思ったよ。あんたの前に住んでいた女は愛嬌《あいきょう》のある、とってもいい人でね、まさしく社会主義の娘という感じさ。父親は党の小役人だったけど、娘のほうはまあ、謙虚で礼儀正しく育ったんだね。いっつも子犬みたいな目であたしを見てたよ、まるで謝りたいみたいに。さてそのときも、きっとそのおとなりさんが、塩かなんかを貸してくれって言いにきたんだと思ったんだが、それが違った。なんと、うちにきたのは郵便屋だった。信じられるかい。本物の郵便屋だよ。大晦日の日に！　届けにきたんだ！　この後半生のあいだ、あたしがずうっと待っていた封書をね……」

ばあさんの「後半生」という言葉を聞きとめて、僕は話に耳を傾けた。このとき初めて、僕の意識はその部屋に降りてきた。それまで僕はただその場に身を置いていただけだったのに、この瞬間から僕は話にひきこまれはじめた。

「机の上に封筒を置いた。どこにでもある封筒さ。そいつを半世紀も待っていたのに、あける決心がつかない。人生でいちばん恐れていた紙だからね。ようやく、深呼吸をして封を切る。やっぱり！　あたしは泣いていたよ。指先で目を拭って、鼻をすすった。その紙にはもう手を触れないようにして、ヤドヴィガに電話した。

『届いたよ、生きてるって！』

『嘘でしょう?!』

『ほんとに！』

『遠いの？』

『ペルミから二〇〇〇キロくらい』

『私も連れてってちょうだい！』

『ええ』

あたしは航空券の売場に電話した。電話口に出たお姉さんは、明るく年越しを祝ってくれた。

『夜一〇時発のモスクワ行きの便ならございますよ、間に合いますか？』

『間に合わせるよ、死ななければね』

ヤドヴィガがきて、二人でお茶を飲んでからタクシーを呼んだ。配車係のお姉さんには、ちょうど大晦日で混んでるけど、運よくつかまりましたよ、って言われたっけ。

『見せて！』

ヤドヴィガにせがまれて、封筒を渡した。

玄関に鍵をかけて、一階に降りて外に出ると、タクシーの運転手が車を降りて待ってた。トランクはあけてくれたけど、荷物を載せるのは手伝ってくれない。『俺は運転手であって、荷物運びじゃないんで』なんて言っちゃってさ。

空港に着くと、搭乗便のカウンターを見つけた。二人とも息が切れて苦しかった。

『ご心配なさらなくても大丈夫ですよ、まだ充分時間はありますから。それからモスクワでも、乗り換えで数時間待つことになりますね』

あたしが、

『あんた、最近飛行機に乗ったのいつよ』

ってヤドヴィガに訊いたら、

『それが、初めてなのよ』

なんて言うんだよ。

こりゃあ見ものだね。年の瀬に、ばあちゃん二人、いずこと知れぬ空を飛ぶ……。モスクワまでの便は快適だったけど、乗り継ぎ便が揺れてねえ、まるで神様が機体をけっとばしてるみたいにさ。着陸も一度失敗して、降りかけてまた上昇したんだ。乗客はパニックになって、叫んでる人もいた。前の席に座ってた男なんて犬みたいにウーウー唸《うな》ってたよ。まあしかたないね。恐怖ってのはどうしようもないものだ。あたしだってそれはよくわかってるんだから。

預け荷物を受け取ったところで、太った男が近づいてきた。

『どちらまで？』

『ここだよ』

あたしは封筒を出して、行き先を見せた。

『ひゃあ、そりゃ遠い。車で三、四時間はかかる。まあでも運がよかったね、俺の親父《おやじ》がそのあたりに住んでるから』

『いや、バスターミナルまででいいんだけどね』

『元日の未明にバスなんかありゃしないよ！』

明けがたに、ちいさな町に着いた。暗闇のなか雪の積もった広場に、腕のない独裁者が凍えている。あたしは、

『どうしてあのスターリン像は頭があんなにちいさいんだい』

と訊いてみた。

『昔あったやつが壊されたんだな。それで州に新しいのを注文したんだが、サイズを間違えたらしい。注文し直すにも金がないし、そもそも誰も作ろうとしないよ、こいつがまた壊されでもしない限り。それであんたたち、どこに泊まるんだ』

『さあ』

あたしは答えた。

『よければうちの親父のとこに泊まっていけばいい。親父はなかなかいいやつでね。ずいぶん刑務所暮らしが長かったんだ。出てきたはいいが行き場がないってんで、刑務所に残って警備の仕事についた。だから俺なんか、刑務所の塀の向こうで生まれたのよ。おふくろは三年前に死んだ。俺はもうだいぶ前から街に出てる。あんたたちも、ここに誰かいるのかい』

『ああ、いるよ』

あたしは答えた」


ばあさんは口をつぐんだ。そのまま何秒か黙っていたので、僕は（そうか、きっとこれが例の記憶障害だな）と考えたが、ばあさんはふいに生き返ったように、先を語りだした。

「あたしは、一九一〇年、ロンドンに生まれたんだ……」

タチヤーナの父、アレクセイ・アレクセーヴィチ・ベールイは、元来優しく信心深い人だった。タチヤーナの母とは一九〇九年のパリで、バレエ・リュスの公演のときに出会った。母リュボーフィ・ニコラエヴナ・クラスノワはバレリーナだったが、タチヤーナを産んだときに亡くなってしまった。娘の養育には二人のばあやがついた。聖書を教えるフランス人と、礼儀作法を教えるイギリス人だ。

妻の死はアレクセイ・ベールイの人柄をすっかり変えてしまった。かつては明るく素朴な性格だったのに、あるときを境に教会とはばっさり縁を切り、残りの人生をすべて無学との闘いに捧《ささ》げた。少なくとも、本人はそう思っていた……。

タチヤーナの話では、父は神経質な人だったという。とにかく細かいことでいちいち熱くなった。たとえば朝、知らない人に「良い一日を」と声をかけられようものなら、すっかり満面の笑みで、イギリス社会がいかに素晴らしい文化を築きあげたかを何時間も語り続けた。その逆に、失礼な態度をとられることがあると、暖炉の前に陣取って、この世界がいかに酷《ひど》いかをくどくどと話すのだった。タチヤーナが勉強を教わっていると、よく子供部屋に入ってきては肘掛け椅子にどっかりと座り、ばあやの言葉を遮った。

『神など、断じておらん！　ばあやさんはね、時代遅れのロシアにあまりにも長く暮らしすぎたよ。だがそのロシアが覚えたことはただひとつ、何本指で霊にお祈りするかを最低限監視するというだけのことだ（一七世紀のニーコンの改革。十字を描くときにはそれまでの二本指ではなく三本指でなければいけないと定められた）。だが、神もなければ霊もない。人間とは、単なる種《しゅ》にすぎないんだよ。いうならば、馬や犬と同じだ。人間のほうが優れているという意見もあるにはあるが……。まあ、ある意味ではそうかもしれない。人間は橋を架け、船を造り、乗合馬車を生んだ。しかし人間にできたのはそれだけだ。いじらしいばあやさんの話す霊というやつはね、人間の脳に仕組まれた罠だ。よくできた罠だがあくまでも罠にすぎない。天国も死後の生もない。私たちの思考の外側にはなにもないのだから。頭脳は人間の武器じゃなく、むしろ問題そのものさ。なにかを理解できるなどと思うことがそもそも根本的に間違いなんだ。デカルト流に言うなら、我迷うゆえに我あり、だ。おまえのママはおまえを産んだ日に死んで、もう決してどこにも現れることはない。復活もなければそれに類した戯言《たわごと》もぜんぶない。あるのはただ邪教と嘘ばかりだ。私たちは自分のことを、かつて存在しなかった、そしてあるときまた存在しなくなる種であると考えなければならない。時間の流れのなかで、脳は絶えず私たちを騙《だま》そうとする。脳は希望をふりまきながら、おのずと私たちをいじめてくる。それこそが人間の特徴であるともいえる――自己欺瞞《じこぎまん》こそがな』

一九一九年、アレクセイ・ベールイはロシアに移住する決意をした。父は部屋に入るなり嬉しそうに、

『出発だ！　ここロンドンにいるのは、古臭い人間ばかりだ。新しい人間は――私はもはや、

そうはなれないが、おまえはきっとなれる——新しい人間は、ロシアにいる』と、ずいぶん不可思議な決断を宣言し、ウイスキーをひとくち飲んで部屋を出ていった。これで引越しが決まった。

タチヤーナの父は酒飲みにしては珍しく、かなり行動的なたちだった。計画は必ず実行し、問題があれば解決する。ロシアへ引っ越すにあたっては、かたくなに「帰国」という言葉を使おうとせず、人類史上これまで類をみない、まったく新しい国へ行くのだと言い張っていた。まあ実際、それもある程度は正しかったことになる。

「確か、あたしはあのとき初めて、ばあやたちが父さんに歯向かうのを見た。優しいばあやたちが、断固として引越しに反対したんだ。

『ばかだねえ！』と、父さんは笑みを浮かべて言った。『あれこそがおまえさんたちの国だってことが、わからないのか。ロシアで起きたのは権力の転覆じゃない、精神の革命なんだ。ペトログラードもモスクワも、一般市民のための街になった。いまじゃ、とにもかくにもなにもかも、おまえさんたちのような種《しゅ》の人間——一般人類の生活の向上のために作られていくんだ！』

一般人類……。父さんはしょっちゅう、この『一般人類』って言葉を使った。よくわからない表現だ、そうだろう。一般人類ってのは……どんな人間だ。薄汚いことをするのらくら者か、立派なことを成し遂げる名もない英雄か。一般人類……。あたしは人生に何人くらいの

『一般人類』に出会ったんだろう。運命は何百ものヒントをくれたけど、正しい答えはわからないままさ。ときには、一般人類っていうのは悪い人のことなんだろうと思うこともあった。周りがそういう人ばかりだったときもあったからね。汚いことをするのが常套手段《じょうとうしゅだん》のやつらだ。でも、あたしがそんな迷いに陥りそうになったかと思うとすぐ、ぜんぜん違う、特別な、きれいな心の人たちにも出会った。おそらくいちばん正解に近い答えは、一般人類ってのはすべての人間のことなんだ。だけどその答えさえも疑うこともあった。運命の巡り合わせで、まったく非凡な人たちを知ることにもなったから……。もっとも……まあ、こんなのは無駄話さ。すまないねサーシャ、話が逸《そ》れてばかりで。さて、どこまで話したかな。ああ、ばあやたちの話だったね。そう、ばあやたちもモスクワが突然、一般人類のための街になったっていう件については納得したかもしれないが、それでも引越しには大反対だった。最後の望みを失ったばあやたちは、いちばん説得力のありそうな、とっておきの根拠を持ち出した。

『アレクセイさん、私たちはいいんです、あなたもいいでしょう、でもターチカ(タチヤーナの幼少期の愛称)のことを考えてください！　あなただって、あの子の運命をめちゃくちゃにしたくないでしょう。ロシアでどんなに恐ろしいことが起こっているか、知らないとは言わせませんよ。まずアレクセイさんが一人でお引っ越しになって、もしすべてがおっしゃった通りでしたら、一年後にでも私たちがターチカを連れていきますから！』

だけど、父さんはびしっと言い放った。

「『ならん。すぐにでも出発だ！』」

＋

引越しが決行されたのは一九二〇年の初めだった。分別のある人々がロシアから亡命していくまっさなかにベールイ一家はその流れに逆行し、向かい風に抗《あらが》って歴史の震央へと向かった。それまでと根本的に異なる新しい人々に出会うことはなかったが、そのかわり、引越しの当日から三組もの吹奏楽団に出くわした。

『あんなに練り歩いちゃって、なにが嬉しいのかしらね』

ばあやたちは驚いていた。

『水もない、ガスもない、電気もないっていうのに。自慢できるものといったら、配給されたマウスピースくらいで、それだって口をつけたら唇が凍りついてしまいそうじゃないの！』

『まあまあ、そう焦らない。一年後におまえさんたちがなんて言うかが見ものだよ』

父さんは楽しそうに答えた。

『一般人類が幸せになれるって話だったのに、いまのところ暴動の話しか聞かないわよ』

『ばかだねえ、一年後と言っとるだろう！』

モスクワは食糧難にあえいでいた。しかしタチヤーナの父は、そんなことにはまったく動じず平然としているようだった。誰だかよくわからない人たちが、一家を助けてくれていた。父はその人たちの名を言おうとせず、話すときはいつもあだ名で呼んでいた。まだ子供だったタチャーナの記憶に残ったのは「じいさん」と「ルキーチ」という二人のあだ名だけだった。父が具体的にどんな仕事をしているのかタチャーナは知らなかったが、頻繁にヨーロッパに出張に行くところや、状況から察するに、おそらく国家にかかわる重要な仕事をしているようだった。

ばあやたちは毎晩タチャーナを寝かしつけてから、となりの部屋でひそひそと囁《ささや》き合った。

『ああいやだ、アレクセイさんにはわからないのかしら。あの人たちを導くだとか救うだとかいったって、そんなのは無理だって。なにかっていうと新しい人間っていうけど、その人間を生み出しているのは死の大地じゃないの。革命権力なんて、もちろん長くはもたないわよ。これから数十年、なにが起こるかわかったもんじゃないわ』

もう一人のフランス人のばあやは答える。

『わからない、わからないわ……。私はもう、世迷《よま》い言《ごと》には思えないの。きっと、ほんとうに私たちよりアレクセイさんのほうが、先の見通しがわかっているのよ。皇族の一家も銃殺されたし、この国はもう二度と昔には戻らない。革命政府もこのまま権力の座にとどまるんじゃないかしら。信じられないわ、ほんの数年前にロンドンを訪問したコルチャーク（軍人。革命後は白軍の総司令官となった）が、いまじゃ犬みたいに殺されるなんて……』

『もっと信じられないのは、アレクセイさんがそっち側の人間だってことよ……。ああ、これが不幸な結末を招かなきゃいいけど……』

ばあやたちと違って、ターニャ（タチヤーナの愛称）はすぐにモスクワが好きになった。気分はまるで不思議の国に迷い込んだアリスだった。

『まったく、人類の辺境の果てだわ……』

と、フランス人のばあやは毒づいた。

『良識の廃墟《はいきょ》よ……』

『洗礼の儀式も受けてない国家ね……』

ばあやたちが競うように小粋な嫌味を考え出しているあいだにも、ちいさなターニャは興味津々でモスクワを味わった。食堂、ボルジョミのミネラルウォーター、お惣菜《そうざい》、お水。人間の雛鳥《ひなどり》たちが大きな口をあけてドラムを叩き、赤旗をパタパタと振って歩いていく。ばあやたちは耳をふさぐけれど、幼いターニャは立ち止まり、白い字で書かれた言葉を読もうとする――『技術発展、万歳！』すごい。ターニャはみんなを見て、（いいなあ、あたしだってああいう大きな真っ赤な旗を持ってみたい）と思う。そう、児童心理に基づいて打ちたてられた国を、子供が気に入らないわけがないのだ。

ターニャは毎日ばあやたちと一緒に新聞の売店に出かけた。ソヴィエトの男たちが〈プラウダ〉紙を買うために行列に並ぶなか、ばあやたちは〈旗〉〈モスクワ〉〈オーロラ〉といった新聞を買いあさった。その恒例行事のあと、山のような紙束を抱えて散歩をする。すべてが新鮮だった。ターニャはことあるごとに立ち止まり、知らない言葉を読もうとする。
『ねえ、プロ……レト……クリト（プロレタリア文化運動）ってなあに？』
『いいから行きますよ！』
ばあやたちは声をそろえて言った。

「あたしは、芸術教育に特化した実験的な小学校――『四天王』って呼ばれた学校のひとつに入れられた。半寄宿制のね。朝から晩まで学校で生活するんだ。昼までは義務教育の科目で、午後は絵画とかリズム体操とか工芸をやる。父さんは満足そうだったし、ばあやたちもたぶん同じだった。いつだったか、夕食どきにうちにきた父さんの友達に『どこの学校に行ってるの』って訊かれたとき、あたしは自信満々に『優秀な親の子が行く学校！』って答えた。言い間違えたんだが、言い得て妙だった。実際、そうだったよ。誰でも通えた学校じゃない。社会の上層部の子供たちが通っていた。うちの親の苗字《みょうじ》を聞くと、新しい国の大人たちは気絶しそうになったものだけど、あたしらにはどうでもよかった。子供は、子供だからね……」

ターニャが粘土をこねているあいだ、父アレクセイ・ベールイはヨーロッパに通い詰めだった。そして一九二四年には異動が決まり、スイスへ行くことになった。父はジュネーヴとベルリンのあいだを行ったりきたりし、ターニャはといえば新しく雇われた家庭教師たちこそいたものの、自立した子供になった。ベルン、ローザンヌ、チューリッヒ。要塞、山々、街並み。

新しくきた家庭教師たちと一緒にスイスを旅するターニャは、そのうちまたモスクワに帰るかもしれないことなどすっかり忘れていた。

一九二九年の春はひとりで過ごした。父は基本的にチューリッヒにいたが、彼女はティチーノ州を離れようとしなかった。ティチーノはスイスのなかのイタリア語圏だ。ベリンツォーナ、ロカルノ、キアッソ。タチヤーナは画用紙とパステルを持ち歩き、毎日のように新しい町を描きに出かけた。あるとき――いま思えば日曜日だったような気がする日、彼女はスイスとの国境付近にあるイタリアのちいさな村、ポルレッツァに行った。一〇軒あまりの石造りの家と、おんぼろの教会。なにもかも思った通りだ――ワイン、プラタナス、教会の鐘の音。湖畔で絵を描いていると、格好のいい青年が近寄ってきた。背が高くて日に焼けた黒髪の若い男だ。散歩に誘われたタチヤーナは、それもいいかな、と思った。二人は冗談を言い合い村の歴史を話し、新しい人間の話をした。ごく普通の他愛のない、けれども心地いいお喋《しゃべ》り。タチヤーナがロシアの話をすると青年は、俺なんかミラノにさえ行ったことがないんだよ、と話した。そうしてそのまま一日じゅうお喋りに夢中になっているうちにルガーノへ帰る汽船の最終便を逃してしまったことに気づいたタチヤーナは、サン・ミケーレ横丁にあるちいさなアルベルゴ（ホテル）に泊まることにした。

翌朝の朝食はコーヒーと、悪魔に魂を売ってもいいくらいおいしいパンだった。青年はまっすぐにタチヤーナの鼻筋を見据え、タチヤーナは照れて目線を落とした。この日、二人は売れ残ってパサパサになったパンを食堂でもらって、草地にあがった白鳥たちに餌をあげに行った。

タチヤーナは湖を眺め、この景色を一生覚えていたいと願った——いまよりも素晴らしいことなんて、これから先の人生になにもないんじゃないかと思えた。夜になり、暗闇にコウモリが飛び交っているのを見ても、怖くはない——それほどに穏やかな土地だった。

瞬く間に数日が過ぎた。恋する二人は山に登り、魚を釣り、崖から川に飛び込み、キスを交わした。この人が初体験の相手になるのだ、とタチヤーナは悟った。けれどもあいにく、そうなるはずだった夜に起こったのは恐ろしいことだった——タチヤーナが、くしゃみをしたのだ。

「あたしたちのすぐ足元の砂に、ねばっこいのが落ちた。まあ要するに、鼻水が出たんだよ、それも、大きくて緑色のかたまりが。恥ずかしいなんてもんじゃない。走って逃げたかったけど、あんまり惨めで、体が石になったみたいに動かない。こんなにおぞましいことがあるかい。いいかい、恋をした女の子がだよ、鼻水を……ああ恐ろしい！」

ロミオこと青年は、紳士であろうとした。鼻水を踏んづけて、砂に紛れさせようとしたが、これが余計に悪かった。今度は鼻水が、砂だけでなく青年の靴の裏にもついてしまったのだから。ロミオは微笑《ほほえ》み、どうにか冗談でごまかせないかと、これはロシア語でなんていうの、と訊くが、タチヤーナは泣きだしてしまう。それまで一度も、そんなに大泣きしたことはなかった。ロミオはタチヤーナを抱きしめようとするが、彼女は彼を突き飛ばし、ホテルのほうへ走り去る。

そのまま何日か、タチヤーナはホテルの部屋で泣き続けていた。ロミオは窓の下に立っているが、ジュリエットは鎧戸《よろいど》をあけない。鼻炎のジュリエットは一族の恥で、三九度の高熱を出していた。往診にきた医者が持っていた上等な革のバッグのなかにある錠剤を見つめながら、哀れな彼女は（あれをすべて飲んでしまいたい）とさえ考えた。医者と入れ替わりにホテルマンがきた。見ず知らずの他人でありながらも人情に厚いイタリア人ホテルマンは、いいかげん、かわいそうなロミオを通してあげたらどうですか、と提案していった。となりの部屋には新たにきたロシア人の一家が宿泊しているようだった。白系の亡命ロシア人家族が、何時間も偉大な文学の使命について話し合っている。どうやらスイスに暮らすお金が尽きたために、わざわざイタリアの片田舎までロシア文学の責務について話しにきたらしい。タチヤーナはベッドに座ったまま薄い壁に耳をくっつけて鼻をかみ、耳を澄ませた――ロシア文学の課題は（なによりも！）偉大な言語の多様な可能性を表現することであるという。まぶたの裏ではロミオが鼻水を踏んで砂になすりつけ、壁の向こうでは誰かが、作家は伝統を守りつつも、より広く力強く語るべきだと主張していた。『現代って大作がないのよね』と、壁の向こうの声は結論を出した。『お父さまの書いた作品は別として、どの小説もみんな味気がないし、単純すぎる。現代はあまりにも不毛の時代なのよ。ここ数年の小説っていったら、もう一回言うけど、お父さまの書いた作品以外では、たぶんいい小説なんて一、二作品くらい、まあまあなのが二、三あって、どうにか形になってるのが五つくらいでしょ』

ロミオは砂に鼻水をなすりつけ、ロシア文学は衰退していく。ロミオは鼻水のかたまりをイタリアの大地にこすりつけ、偉大なるロシア文学は低迷する。ロミオはまるでダンサーのように左右に足を動かし続け――ターニャは自分が不幸で、恋していることを知った。

「帰る日の前の晩、あたしの愛しい人は窓によじ登ってきた。でも、あたしがあんまり大声で叫んだものだから、あの人は手紙を投げ込んだきり、そのまま下に飛び降りた……。手紙には、あたしを一生待ち続ける、その舞台はヴェローナ（『ロミオとジュリエット』の舞台）じゃなく、ここイタリアのちいさな村ポルレッツァのルガーノ湖だ、って書いてあった。（ふうん、どうなるかしらね）ってあたしは思ったよ」

「でも、良くなったんですよね」

「なにが」

「いやつまり、鼻炎は治ったんでしょう」

「ああ、鼻炎か。鼻炎は治らなかったよ。治らないうちに、帰ることになった。使いの運転手がきて、チューリッヒに連れ帰られる道中で、父さんが病気だって知らされた。

『べつだん危険な状態ではありませんが、医者が念のためモスクワに戻ったほうがいいと言っていましてね』

『念のためってどういうことよ』

って、あたしが訊いたら、

『ご自身でお確かめになってください』

って、運転手は答えたっけ……」

父親は死の床にあった。肺炎が家族の不幸と化していた。誰も口にはしなかったが、モスクワへ行くのは父を葬るためだと皆わかっていた。死ぬ数週間前に、父はコネクションを駆使して娘を大学に入学させる手はずを整えた。そうして一九二九年の秋、二度目の、そして運命の分かれ道となるモスクワ行きが、決行された。

＋

大学一年の終わりごろ、タチヤーナのもとに無表情な男がやってきた。男はタチヤーナを人の少ないところへ連れて行き、訊いた。

『あなたは何ヶ国語を話せますか』

『あの、どなたですか？』

『答えてください』

『フランス語、イタリア語、英語、ドイツ語、ロシア語ですが』

『すべての言語を流暢《りゅうちょう》に話せるんですか？』

『流暢なのはソ連語だけです！』

タチヤーナは嫌味っぽい笑顔を作って答えた。


「その男はあたしの腕をとると、怖がることはありません、って言って、その理由を説明した。第一に、父さんは信頼できる人間だったし、第二に、あたしは偉大な一〇月革命にかかわる重要な仕事に就ける可能性があるっていうんだ」

怖くはなかった。少なくともそのときは。状況がよくわかっていなかったこともあり、その男に勧誘されても、まったく動じなかった。

『ご自身で、雨の多い月のために働いたらいいでしょう！（モスクワの一〇月は雨が多いことから一〇月革命のこと。ソ連で多用された「革命のため」「一〇月のため」といった言い回しをもじっている）』

「回された腕をはねのけて、あたしは答えた。男は高慢な笑みを浮かべて、後ろをついて廊下を歩いてきた。そして数分後、その組織の男から『速記とタイピングの講座を受けてみないか』って誘われた。それなら面白そうだと思った。

『タイピングを覚えてどうするんですか？』って、あたしは訊いてみた。それで話を聞いて説得力があるように思えたから、やってみることにした。そんなわけで、モスクワに戻って一年で、あたしはＮＫＩＤ《ヌキード》のタイピストになった」

「ヌキード？」

「外務人民委員部、いまでいう外務省だよ。すごいところでね。はじめのうちは、いい職場だとさえ思った記憶がある。面白い人たちがたくさんいて、やりがいもあって。別世界さ。街で見かける物事とはなにもかも違った。ヨーロッパに行くことはできなかったけど、そのかわり少しだけ、生まれた場所に近づくような仕事ができるようになった」

ときが経《た》つにつれ、タチヤーナは信頼されるようになった。毎日、何十もの書類を作成した。暗号文、報告書、外国人居住者からの請願書。外国の共産主義者からの手紙、翻訳、嘆願書。この職場はまるで永遠の秋ね、とタチヤーナはよく言っていた。書類がまるで木の葉のように、絶え間なく机に舞い降りたから。

「それから、男友達ができた。ほんっとうにいい友達が。パーシカ・アザーロフっていってね。

あたしよりひとつだけ年下で。若くて教養もあって明るいやつだった。同じ外国生まれだったし。ロンドンじゃなくてジェノヴァだけど。いつだったかパーシカもあたしたちに共通点が多いって話をしていたよ、イギリスに赤い十字の旗をもたらしたのはジェノヴァの人なんだから、とか言ってね（聖ジョージ十字と呼ばれる白地に赤い十字の旗。中世十字軍が用いていた旗がジェノヴァの旗となり、その後イギリスの旗にも取り入れられた）。二人とも大多数の職員より若かったし、おまけに育った環境も似てた。ミラノ、ヴェローナ、ガルダ湖。そういう特に素敵な場所は、共有の思い出保管庫に入れることに決めたんだ。あたしは書類関連の仕事をしてたけど、パーシカは人民委員の補佐をやってた。パーシカのことは好きだったけど、恋には発展しないこともわかってた。少年同士みたいなつきあいかたをしてたから」

当時の外務省はクズネツキー・モストにあり、昼休みになると職員たちはたいてい、すぐ向かいにあるちいさな辻公園で休憩した。ちょうどイギリス製のレイランド・バス（モスクワ市内を走る初めての路線バスとして一九二四年に導入。三〇年代のモスクワには地区によってレイランドのほかドイツのMANやフランスのルノーなどのバスが走っていた）が通る道で、タチヤーナはそれを眺めては、ロンドンに帰るところを空想した。

「パーシカとはこんな遊びもした——二人で目を閉じて、お互いを故郷の街に招待する。パーシカはジェノヴァを案内してくれて、あたしはパーシカと一緒に、タイト・ストリートを散歩するんだ。その昔マーク・トウェインやオスカー・ワイルドが暮らし、かつてはあたしの家もあった、あのタイト・ストリートを」

ばあさんが繰り返す「家」という言葉に、僕はふと気をとられた。不思議なものだ。聞き慣れた、使い古された音が、不意に新しい意味を得る。僕はこれからこの言葉を口にするとき、新たな地点を、いままでとは違う街を思い描くことになる。過去の家と、これからの家。生まれ育った家と、静まりかえった家。僕は食料品の入った買い物袋に目を落とし、母さんに電話をして娘の様子を聞かなければいけないことを思い出す。

「あんたさっきから二回も時計を見て、そんなにつまらないのか」

「いえいえ。興味深いお話ではあるんですが……。ただ、いまはちょっとあまり状況が万全ではないというか。知らない国に引っ越したばかりで少しぼうっとしているんです」

「どうして引っ越してきたんだ」

「娘のために、そのほうがいいと思ったので」

「美人さんかい」

「わかりません、まだなんとも言いがたいですよ」

「あたしはね、子供のころからずっと不細工だった。なかには変わる子もいる、八歳のときは小鬼みたいだったのが、一〇歳にもなればまあまあ、なんていう子もいるけど、あたしは違う。こと不細工にかけてはまるでソ連みたいにどっしり安定してた。一二歳くらいのときだったか、父さんにどういうわけか『まあ気を落とすな、そのかわりおまえは賢いんだから！』って言われたっけ。

　ほんっとうに、男ってのはデリカシーのない生き物だよ。面倒かもしれないが、誰かが父さんに説明してくれればよかったのに、そのたったひとことだけで女の子に一生もののトラウマを与える威力があるんだってことを。それ以来、あたしは自分に自信がなくなっちまった。でもまあ、そんなことがわかったところで父さんはなんとも思わなかったかもしれない。父さんはまったく新しい、完全な世界を建設していたんだから。父さんがそうやって西欧との国際関係を改善しようとしていたころ、あたしはばあやたちに『どうして父さんはあたしを嫌いなの』って訊いてみたことがあった。ばあやたちはなにも答えず、あたしの頭を撫でてくれたっけ。しかしまあ父さんも父さんだ。モスクワに戻っていよいよ死が迫った段になって、この話を蒸し返したんだから。

『おまえは、ほんとうはとっても美人なんだよ。だからそれをわかってくれる人が現れるのを待てばいい』

しかもそこでやめればいいものを、さらに続けて言った。

『おまえは、いわば構成主義建築だ（革命前後のロシアで起こった建築芸術様式。革新的なデザインで新たな時代の理念を表そうとした）』信じられるかい、ほんとうにそう言ったんだよ。

『おまえはね、構成主義の建物みたいなものなんだよ。いまはまだその美しさを理解できない人たちもいるが、ときがくればきっと賞賛されるようになる』

不思議なことに、あたしのどこが機能的かはまったく言わなかったけどね。もっと可笑《おか》しいのは、父さんは正しかったってことだよ。あたしが結婚した相手は、建築家だったんだ。父さんと同じ名前で、リョーシャ（アレクセイの愛称）。リョーシャはよく、あたしに一目惚《ひとめぼ》れしたって言ってた。外務省の向かいの辻公園で初めてあたしを見た瞬間、目が離せなくなったって。世迷い言よ、でもね……」

二人は、一九三四年の夏に出会った。社交ダンスのスローフォックストロットが流行していた、暑さの迫りくる時期。タチヤーナはそのころまでに何人かと交際したが、長続きせずに別れていた。どの男に対しても、幻想を抱くことはなかった。

「なんだっけほら『三級品でも不良品よりはマシ』って言うでしょう。あれはあたしのことだね。自分にはもう、妥協で結婚するような相手しか残ってないと思ってた。だからリョーシャがとなりに座って声をかけてきたとき、あたしは唐突に、こいつはスパイに違いないって思ったんだ。いやいや、冗談なんかじゃない。モスクワに暮らしてはや五年、外務省に勤め続けて、怖い話なんかも少しは聞いてきたからね。見ず知らずの男が近寄ってきたら、外国の諜報員《ちょうほういん》かもしれないと思うさ。だって、どう考えたっておかしいだろう。不細工なあたしが一人でいるところに突然、見目麗しい男が現れて『お知り合いになりましょう』だなんて」

最初の数日、タチヤーナは口をきこうともしなかった。当然のごとく。きっと私が目当ての人物かどうか確認しているんだ、と勘ぐっていた。リョーシャがうまい冗談を言っても、タチヤーナはにこりともしなかった。

「それで、パーシカに訊いてみたんだ、あたしを好きになる男なんていると思う？　って。ばかな質問だって、わかってた。そんなこと訊かれても困るだろう。でもパーシカはあたしの肩を叩いて、訊いた。

『どんなやつなんだ？』

『格好良くて、頭も良さそうで、スウェーデン人みたいな感じ』

『へえ、もしかして、ほんとにスパイかもな』

『わかんないけど、たぶんもう、あたしのことなにもかも知られちゃった気がする』

『え、つまりおまえらもう、そういう関係ってこと？』

『バカ！』


リョーシャはめげなかった。タチヤーナの奇妙な行動にも耐え抜いた。タチヤーナは相変わらず彼をスパイ扱いしていたどころか、その確信は日に日に強くなった。タチヤーナは折れず、リョーシャはあきらめなかった。

「あたしみたいなのを相手にそんなに時間を費やす人がいると思えなくてね。モスクワは美人で溢《あふ》れてるのに、リョーシャはまるでバーニャの葉っぱみたいに（バーニャはロシア式のサウナのこと。新陳代謝促進のため白樺などの葉を束にして体を叩く習慣がある）、あたしにぺったりくっついて離れなかった。スパイじゃなくても、ひょっとしてあたしがヨーロッパに住んでいたことを知ってるのかもしれない。それで、亡命を企《たくら》んでるのかもしれない」

毎晩、タチヤーナは鏡の前に立っては服を選び、様々な理由を考え、根拠を考え、イヤリングを選んだ。恐る恐る、いったいいつ姿を消すのだろうと考えもしたが、リョーシャはいなくならなかった。

「どんな理由だって信じる覚悟ができてたが、恋だけはないと思ってた。あたしは子供のころから絵を描くのが好きだったって、話したっけね。そう、それである日突然、リョーシャはイーゼルを持ってあたしに会いにきた。

『なによそれ』

って、あたしは訊いた。

『あげるよ』

『なんで』

『この前、昼休みに絵を描いてただろ』

『あたしのこと監視してるの？』

『なに言ってるんだよ、俺はただ、よくここを通るんだ……用があって』

『ふうん、どんな？』

『あとで話すよ。行こう、送ってく』

よくわからないまま、あたしは送ってもらうことにした。イーゼルを抱えたリョーシャがなんだか可笑しかった。

『あと絵の具も買ったんだ、筆も』

『まだもらうなんて言ってないけど』

『もらってくれなかったらほかのやつにあげるさ』

『ほかの、女の子？』

リョーシャはタチヤーナの前に回り込んで立ち止まった。こっちを向いて、微笑む。片方の手には鞄を、もう片方の手にはイーゼルを持って。タチヤーナはリョーシャを見つめ、自分がもう恋をしていることに気づき、この先もずっとこの人を好きだろうと気づく。

「あたしもあたしだ、素直に喜べばいいのに、相変わらずツンツンしちゃってね。

『それで、さっき言ってた用事ってなんなの』

『ああ、ここにくる理由か。Pompolit だよ』


「ポンポリート、ってなんですか」

僕は尋ねた。

「政治犯支援団体の略さ」と、ばあさんは答えた。「一九二二年までは、赤十字政治部モスクワ委員って名だった。いまじゃ信じられない話だけど、ソ連にはそんな団体もあったんだ。公式には、一九三八年にエジョフ（一九三六～三八年のソ連秘密警察の長。大粛清の実行者として知られる）が廃止するまで存在してた。リョーシャは団体の職員じゃなかったが、支援物資集めや、詩や音楽の夕べの開催資金集めの手伝いをしてた」

「それは、危険じゃなかったんですか」

「むしろ橋を造るほうが危険だったね。一九三六年にリョーシャの勤めてた建築事務所が設計した橋が落ちて、建築家も作業員もみんな強制収容所に送られた。リョーシャは間一髪、一ヶ月前に別の建築計画に回されていたから助かった。ありがちな幸運だよ。たとえばそれがもし一週間前ならだめだっただろう。その時点でリョーシャは逮捕されて、なにもかも変わっていたかもしれない。でも……」

「『でも』なんですか」

「いや、だから逮捕されなかったんだ。あの時代ってのはそういうもんだった。大粛清、ゆえの大幸運もある」

ある時期まではずっと、リョーシャのやってるようなことで、まだ誰かしらは助けることができるんじゃないかという気がしていた。だが一九三七年ごろには、もはやそんな望みもなくなってしまった。

外務人民委員リトヴィーノフ（一九三〇〜三九年のソ連外相）に圧力がかけられたことで、外務省でも粛清が始まった。むろん、それ以前にもあったのだろうが、急激にその数が伸びたのは一九三七年だった。パーシカ・アザーロフは職場から歩いてすぐのクズネツキー・モスト五番地に住んでいたから、タチヤーナとリョーシャはよく彼の家に遊びに行っていた。しかし一九三七年にはその集合住宅も、差し押さえの封をされた玄関が半数に及んでいた。

「郵便物で溢れた集合ポストが忘れられない——誰に宛てられた手紙だろう、読まれることはあるんだろうか、って考えた。

あたしは階段を上りながら、差し押さえられた扉を数えた。一軒、二軒、三軒……。その夜パーシカの部屋で、あたしはリョーシャに耳打ちした。

『ねえ、なんだか納骨堂にいるみたい、モスクワの真んなかにいるのに……』

これは一九八〇年代になってから知ったことだが、クズネツキー・モスト五番地のあの住宅だけで、一九三九年までに一七人もの人が銃殺されてた……。パーシカも含めてね」

「なぜあなたは逮捕されなかったんですか」

「え？」

「アルツハイマーなのは聞きましたが、耳が遠いわけじゃないでしょう。なぜ逮捕されなかったのかと訊いているんです」

「たいした質問だね。やつらの考えてることなんかわかるものか。逮捕しようと思わなかったか、間に合わなかったか、できなかったか。第一に、一九三七年、あたしは産休をとってた(リョーシャが逮捕をまぬがれたあと、あたしたちは子供を作ることにしたんだ)、第二に……第二に、まさにそれが、あたしが話そうとしていたことなんだ……」

ベッド――それは、幸福なソ連人が、ときに恐れず（もし共有住宅《コムナルカ》じゃなく、自分たちだけの部屋に住んでいるなら）家族と話せる稀有《けう》な場所である。毛布を頭までかぶって、リョーシャはひそひそ、スターリンの喋《しゃべ》りかたを真似《まね》て囁いた。

『なにもかも、新しくせねばならーぬ。新たなる英雄精神に満ちた新たなる人間は、新たなる日々の、新たなる音楽のため、新たなる文学のため、新たなる偉業を成し遂げよーう。新しい法律、新しい感覚、新しい秩序は是が非でも必要なのであーる。ソ連の新たなる世代が、粛々と新たなる紀元へと突入し、まったく新しい、質も品種も未曾有の、特別なウンコを生み出すためーに！』

二人はくすくす笑い、キスをして、その瞬間だけは、すべてはまだどうにかなるのだという幻想を抱く……。

「信じられないかもしれないけど、あたしはモスクワが好きだった。恐ろしい時代だったけど、状況はすぐにでも変わるような気がした」

『あきれた楽天家だなあ！』

タチヤーナのおでこにキスをしては、リョーシャは口癖のようにそう言った。けれども彼女が楽天家なのも無理はない。人々は時代を感じているだろうか。世界の全体像など想像できるだろうか。楽天家。そう。タチヤーナは幸せだった。娘も生まれたし素晴らしい夫もいた。ほかになにが要るだろう。幼い娘はリョーシャを見るといつも微笑み、それを見てタチヤーナは、夫とは生涯連れ添うのだと感じていた。明るい性格だけど謙虚で、思いやりがあるけど冷静なリョーシャ。いつも行動的なところも、言うべきことがないときには黙っているところも好きだった。

「リョーシャはね、愛とは定義じゃなく行動が第一なんだってわかってる、珍しい部類の人だった。不言実行。口には出さなくても、あたしが愛されてるのを一瞬たりとも忘れないためにぴったりなことを、いつもやってくれた。ああ、でもまた話が逸れたね……。あんた、あたしがどうして逮捕されなかったのかって訊いたんだっけ」

結婚したてのころの二人は、タチヤーナもパフコフという苗字になったおかげで助かるかもしれないと考えていた。逮捕されるのはもっぱら外国人で、ポーランド人やドイツ人やユダヤ人ばかりだろうと思ったのだ。だが、すぐにその予測は崩れ去った。二九号室ではロシア人のマーシャ・ガヴリナが逮捕され、三一号室ではピョートル・アンドレーヴィチ・フリサノフが逮捕された。民族も職種も意味をなさなくなっていた。職場では、運転手も顧問も外交官も書類を届けるメッセンジャーも、次々に姿を消していった。

「おそらく取調官たちだって尋問の記録に沿って逮捕していたんだろうし、それに、全員逮捕してしまったら省の仕事がなにもできなくなっちまうってのもわかっていたんだろう。要するに、理由はわからん。おおかた、単にあたしのところまではこなかったというだけのことさ。そういうこともある。次から次へと組織的に逮捕していく途中で、突然、ほかのことに注意が向けられるとか。だが肝心なのは、逮捕の理由は人民の敵との戦いなんかじゃなく、陰謀だったってことだ。木を伐《き》れば木っ端が散るっていうだろう、でかい獲物の巻きぞえになるのは、その周りの小物だ。つまりあの年には、あたしより少し上にいた人が捕まっていったんだろう」

ともあれ、タチヤーナは産後数ヶ月で仕事に復帰した。だが職場はすっかり様変わりしていた。秘密警察の努力の賜物《たまもの》だ。入ってきた新人の大半は、外交関連の仕事については素人同然の者ばかりだった。

(まったく、どこからこんなに集めてきたのよ)と、タチヤーナは考えた。新人たちには、基本的なことから教えなければならなかった。絶え間ない粛清のせいで、ブルガリアやスペインをはじめとした多くの地で、代表機関から代表者が消えていた。

「外務省は、想像を絶するような大混乱だったよ。もっとも、それでもまだスターリンには物足りなかったとみえる。一九三九年の五月三日には、外務人民委員のリトヴィーノフもクビになった。次の日の朝にはパーシカが逮捕された。その直前のある日、パーシカの家の客間で、あたしがラジオをつけようと言ったら、パーシカは不意に、やめようって言いだした。

『あのさ』と、パーシカは小声で言った。『なんだか俺、周囲の住民から孤立してしまったみたいなんだ……』

『じゃあなおさら、いいじゃないか』リョーシャは微笑んだ。『赤ちゃんのアーシャだって音楽は嫌がらないし、となりの人たちだって文句も言わないんだろ』

『うん、でもだからこそ、音楽を流すのはやめておこうよ……』

おそらく、パーシカは逮捕を予期していたんだろう。出生地はジェノヴァ。上出来さ。赤い十字旗は、パーシカの運命を脅かすものになった。

その夜、パーシカはあたしたちに児童雑誌〈ムルジルカ〉をくれた。家に帰ると、リョーシャはベッドに腰掛けて、アーシャに、アグニヤ・バルトーの詩を読んで聞かせた――

カーメンヌィ橋《モスト》の近く　モスクワ川の流れるところ
カーメンヌィ橋の近く　道が細くなるところ

道路はいつも大じゅうたい　運転手さんは大こんらん
『やれやれ』と　おまわりさんはため息をつく――
『角の家がじゃまだなあ！』

少年ショーマは　アルテーク（結核を患う児童の療養施設として一九二五年ロシア赤十字により設立されたクリミアの児童キャンプ施設）の帰り
おうちに帰るのは　ひさしぶり
列車に乗って　がたんごとん　帰ってきたよ　モスクワに

なつかしい　あの角を曲がれば　もうすぐだ――
ところが　あれっ　ないぞ　家も　門も　なにもない！

びっくりぎょうてん立ちすくみ　ショーマは目をこすってる

おうちはここにあったのに！
住んでた人も　ひっくるめ
まるごとどこかへ　消えちゃった！

『四番地のおうちは　どこですか？　遠くからでも見えたおうちです！』
ショーマはそわそわ心配そうに　橋のところのおまわりさんに　きいてみた

『ぼくはクリミアから帰ってきたんだ　はやくおうちに帰らなきゃ！
おっきな灰色の建物なんだ　お母さんもいるはずなんだ！』

おまわりさんは　答えます
『あの家は　交通のじゃまになってたからね　横丁へ　引っ越すことになったんだ
角を曲がって　探してごらん　きっとおうちが　みつかるよ』

ショーマは泣きべそをかいて　ぶつぶつと
『もしかして　ぼくの頭がおかしくなったのかなあ

おまわりさんが　家が動くなんて言うかなあ』
ショーマはおおいそぎで　近所の人たちに聞いてまわった
すると返ってきた答えは――
『ああそうさ　もう一〇日もずっと動いてる
家はゆっくり動くから　鏡も割れたりしないんだ
食器棚の果物皿も無事だし　電球だって割れてない』

『へえ』とショーマは喜んだ
『おうちに乗って　どこでもいけるの？』
じゃあ夏休みには　おうちに乗って　田舎に行こう！

近所の人がたずねてきても　『あれっ』
おうちがどこにも　見あたらない

ぼくは宿題をやらずに　先生に言ってやろう
『教科書がみんな遠くに行っちゃったんです
家がひとりで野山を出歩くから』って

森へ薪《まき》を切りにいくときも　おうちといっしょ
ぼくらが行けば　おうちもついてくる
ぼくらが帰れば――あれっ　おうちが消えちゃった！

なんとおうちは　レニングラードへ
革命パレードを見に行っちゃった
明日の朝　日が昇るころ　帰ってくるんだってさ

おうちは出かける前に　言ってった
『玄関前で　待っててください
追いかけてきたり　しないでね
今日はわたし　休日なんです』

『やっぱりだめだ』とショーマは怒って考えた
おうちが勝手に　動くなんて！
だってね　人間が　家の主人なんだから
人間が　なんでも思うようにするんだから

泳ぎたくなったら　青い海でも
青い空でも　泳げるし
もし家が　じゃまだったら
家を動かすことも　できるんだ！

バルトーの詩は、もちろん、セラフィモーヴィチ通りの住宅移動（一九三七年、モスクワ新都市計画で実際に家を動かした）の話であって、幾千もの人々が逮捕された話じゃなかった。でもあたしは、それを聞いていたら涙が止まらなくなってね。ねえ、サーシャ。あたしはときどき思うんだよ、もしあの夜あたしたちがモスクワの地図に、逮捕者が出た地点を書き込んでみたとしたら、街はザルみたいに穴だらけになっただろうって……」

窓の外を見ると、空は暮れかけている。タチヤーナばあさんはこちらに背を向け、まるで記憶の図書館で目録カードを選ぶように、パタパタとキャンバスをめくっていた。
「ああこれだね、見せたかったのは……」
ばあさんはそう言うと一枚の絵を取り出してみせた。大地の上を対角線状に走り抜ける夜行列車。濃紺の色味。車両は旅客車ではなく貨物車で、影と霧に包まれている。運転席のフロントガラスだけに黄色い光が灯《とも》っている。大きなキャンバスに描かれた、ちいさく細長い機関車。

この絵についてなにかを語るつもりだろうと思ったが、ばあさんはふと絵を脇に置き、うんうんと頷《うなず》いて、テーブルのほうへ行ってしまった。そして、紙袋からレコードを出してくると、レコードプレーヤーにかけた。

「これを初めて聞いたのがいつだったかは、もう覚えてないけどね。あるとき、リョーシャが交響楽団のコンサートに誘ってくれた。支援団体の誰かと会う用事があって、そこにあたしもこないかってね。最初の和音を聞いた瞬間、息を飲んだ。交響曲第五番……チャイコフスキー……。この曲はどんな教科書の代わりにだってなれる。この国の歴史だってまるごとここに収まってる。もしも大地の声を代弁する楽器があるとしたら、もちろんこの曲の最初のクラリネットだろう。いつになっても毎回この第一楽章を聴くたびに、チャイコフスキーはあたしを題材に曲を書いたんじゃないかって思うんだ。不穏な始まり、弱々しい光と希望、いたずらな春に君臨する死の気配。警鐘のプレリュード、劇的な短調。真っ暗闇のなかを慎重に歩いていく、ちいさな運命。チャイコフスキーはおそらく本人も気づかずに、迫りくる避けがたい不幸の賛歌を書いてしまったんだ。あんたはきっと数分後には、この曲は長調で終わるし、光も希望もあるじゃないか、っていうだろう。確かにそうかもしれない……そう感じる人もいるかもしれない。でもあたしは違う。あたしの人生は、第一楽章で終わってしまった……」

「ひとつ訊いてもいいですか」

「ああ。お茶を淹《い》れようかね」

「いえいえ、すぐにおいとましますから、明日は朝早く起きなきゃいけないんです。家具とかも届くし、台所設備も……」

「紅茶と緑茶、どっち」

「あー……じゃあ紅茶をください、せっかくなので……」

「で、なにを訊きたいんだ」

「前々から知りたかったんですが、タチヤーナさんのようなお仕事をされていたかたたち、つまり省庁に勤める人たちは……、当時すでに、もうぜんぶわかっていたんですよね？」

「え、なにを？」

引き出しをごそごそと漁《あさ》りながら、ばあさんは台所から訊き返した。

「戦争です。戦争が始まるってわかってたんでしょう？」

「戦争って、ドイツとのか」

「ええ」

「一九三九年の九月までは確かに、その危険もあった。でも不可侵条約が結ばれて以降は、少なくとも友好国にはなったはずだった。スターリンは誕生日の祝辞をもらった返事に、『血で結ばれた友好を』と返した。あたしは、戦争は起こらないと確信してたよ」

「どうしてそう思ったんですか」

「第一に、ドイツはまだその兆候をみせていなかったし、第二に、たとえばあたしなんかは、ヨーロッパにいる大使たちに、廃棄すべき本のリストを送る仕事もしてたからね。どれもこれも、ヒトラーやナチスを悪く言ってる本だっていう理由で廃棄になった。ドイツの共産主義者のリストも送ったよ、ドイツに報告するために。どうだ、すごいだろう。ソ連が共産主義者をファシストたちの生贄《いけにえ》に捧げるなんて。話したかどうか忘れたけど、当時の外務省はクズネツキー・モストにあって……」

「それは聞きました」

「ああそう。それで、その建物の一階には印刷所とちいさな本屋があった。総統《フューラー》について配慮の欠けた意見が書かれた本はそこからも――つまりはモスクワのいちばん中心地からも処分された。一九三九年の一一月、あたしは職場の机に向かってモロトフ（スターリンの片腕として主に外交面の実権を握った外相）の演説をタイプで打ち込んだ。その演説には、これまたすごい一節があってね――

ヒトラー主義のイデオロギーは、ほかのすべてのイデオロギーシステムと同様、肯定することも否定することもでき、これについては政治的見地からの判断が必要である。しかし周知のごとく、イデオロギーを力で打ちひしいではならず、戦いで決着をつけてはならない。そのため虚偽の『民主主義』の旗を振って『ヒトラー主義撲滅』のための戦いを考えることは、無意味であるばかりではなく犯罪的ですらある。

面白いじゃないか。ファシズムとの戦いは犯罪的である、なんて。外交官たちはこの演説を見事に会得していたから、ドイツ軍がパリを侵攻したときも、パリにいた外交官は外に出て、ファシストの軍に敬礼したくらいさ。駐仏ロシア大使のいきさつなんかは、もっと不条理だ。

スーリッツ（ソ連の外交官。一九三七〜四〇年の駐仏ロシア大使）がフランス側からペルソナ・ノン・グラータとして追放されたあと、臨時代理大使に任じられたのはニコライ・ニコラエヴィチ・イワノフ。この人は裏表のない根っからの共産主義者で、反ファシズム主義者だった。イワノフはヒトラーの話になると容赦なく批判したが、そのせいで痛い目をみることになる。駐仏の公人が余計な言動をしていると知ったモスクワ側は、即座にそいつを呼び戻して逮捕した。イワノフには『反ドイツ意識』を理由に五年の実刑判決が下された。いつのことだと思う？　一九四一年の九月だよ。ドイツ軍はもうモスクワのすぐ近くまで迫っていたのに、ソ連はヒトラーを悪く言った外交官を牢にぶち込んでいたってわけさ」

「そんなばかな……。じゃあ、迫りくる破局の予兆は、感じていなかったんですか」

「破局か。そもそも、人間は災いを予感できるものかね。アーシャはすくすく育っていたし、申しぶんのない夫もいる。第二次世界大戦なんて――あたしたちは、第一次世界大戦の悲劇があったんだから、同じようなことは二度と起こるわけがないと思い込んでいた。確かに『ソ連はポーランド、フィンランド、日本といった敵国に囲まれている』ってことあるごとに脅されてたけど、あたしは、ほんとうの恐怖が潜んでいるのはここモスクワだと思ってた。パーシカの写真が功労者表彰の掲示板から処分されたとき、自分を脅かす存在はどこぞのドイツ人なんかじゃなく秘密警察にいるって、よくわかったよ。一九四一年になると、ドイツから侵攻を受ける可能性があるって報告が次々に届いたが、そういうのが矢継ぎ早にあまりにもたくさん届くもんだから、逆に充分な注意を払えなくなった。六月二二日のことは、よく覚えてる。その日、あたしは夜勤だった。ドイツ大使館から外務省に電話があって『至急モロトフに面会したい』っていうんだ。モロトフはそのときスターリンと一緒にいたから、外務省はクレムリンに電話をして訪問日を調整し、ドイツ大使館にそれを伝えた。それで、空爆開始の数時間後に、ドイツ大使シュレンブルクとモロトフがクレムリンで会談する運びになった」

「二人がどんな話をしたのかも聞いたんですか」

「もちろん。翌朝にはモロトフの側近のゴスチェフが会談のあらましを話してくれたからね」

「どんな話だったんですか」

「どうってことない話だよ。ゴスチェフによれば、シュレンブルクはまず謝って、自分はなにも知らなかった、長年、両国の関係改善のために尽力してきたと話した。それから、いまじゃすっかり有名になった、例の発言をした——

『ドイツ東側の国境におけるソ連赤軍による軍事力の集中的増強ゆえに生じた忌々《ゆゆ》しき脅威に応じ、ドイツ政府はただちに軍事的対抗手段をとらざるを得ません』

『それはいったい、どういう意味です』

呆然《ぼうぜん》として訊き返したモロトフに、シュレンブルクは答えた。

『おそらく、戦争だと思います』

ゴスチェフの話では、そのあとモロトフは申しひらきをしたらしい。ドイツ国境付近におけるソ連軍の軍事力増強などというのは事実無根で、例年通りの軍事演習がおこなわれただけです、と。モロトフはすっかりしどろもどろで、なにが問題なのかよくわからないとか、ドイツ政府からも一度もそのような抗議を受けたことはないとか言って釈明した。それに対しシュレンブルクは、これ以上言えることはなにもないと返した」

「まさか、それだけですか。ヨーロッパの半分を殲滅《せんめつ》しようってときに、たったそれだけで話が終わりだなんて」

「ほかになにを話すっていうんだ。でもまあ、もちろんそれで終わりじゃない。残るは事務的な話だ。シュレンブルクは、ドイツ大使館やドイツの諸会社の代表者たちが退避するための手段がないから、ソ連政府にドイツ市民救済の支援を頼みたい、と申し出た。シュレンブルクは、ルーマニアとフィンランドはドイツとともに出撃の予定だから、ドイツ市民を西側の国境経由で帰国させるのは難しいだろうと話し、イラン経由でどうかと提案した。モロトフはこれに同意し、そのかわり、ドイツにあるソ連関連の組織の人間が帰国しようとした際には、ドイツ政府からなんらかの妨害を受けることのないように配慮してくれと発言した。これで話はついた。いや違う。そうだ、最後にモロトフがもう一度訊いたんだ――こんなにあっさりと破るなら、ドイツはなんのために不可侵条約を結んだのか、と」

「シュレンブルクはどう答えたんですか」

「運命には逆らえません、と答えたそうだよ……」

一九四一年六月二三日、タチヤーナは職場から帰らなかった。ゴスチェフの話を聞いたあと、彼女は自席に戻り、フランス語から翻訳したばかりの、赤十字からの電報を打ち込んだ――

一九四一年　六月二三日　ジュネーヴより
モスクワ　ソ連外務人民委員閣下

赤十字国際委員会は、人道的目的を可能な限り遂行するとともに、赤十字の基本理念に基づいて有意義であると考えられる場合、仲介を申し出ております。とりわけ現在、捕虜情報局はすべての交戦国を対象とした情報網を用いて負傷者や捕虜の情報の収集と提供をおこなっており、この件にかんし、ソ連政府の裁量下におきまして代行をいたしたく存じます。

赤十字国際委員会より、次なる措置をお願い申し上げます。ソ連政府は、健康な捕虜、負傷した捕虜の名簿を作成してください。名簿には苗字、名前、軍の階級、生年月日、捕虜になった場所、健康状態を記入し、可能であれば出生地と父親の名前も加えてください。同様の名簿を死者についても作成してください。これらの情報はすべて、次の目的のために必要となるものです。

（一）敵対する陣営に対しても情報を提供すること。
（二）赤十字国際委員会に消息を問い合わせた家族に、情報を知らせること。収集した情報をより迅速に伝達するため、地理的に極力適切な場所を選び、現地に支局を置くことを検討しております。私たちは、ドイツにも、フィンランドにも、ルーマニアにも、同様の要請を送っております。

戦争捕虜の扱いを定めた一九二九年のジュネーヴ条約をソ連が批准していないことは承知しておりますが、現在交戦中の両国陣営がこれらの条件に賛同するのであれば、上述した提案の実現にあたってなんら支障はないものと考えております。

心より、最大限の敬意を込めまして、閣下からのご返答をお待ちしております。

赤十字国際委員会
マックス・フーベル
（日本語ではフーバー、ヒューバーの表記もあり。一九二八〜一九四五年、赤十字国際委員会の委員長を務めた）

開戦の直後、タチヤーナはたいへんな事態になったとは思わなかった。この諍《いさか》いはすぐにでも終わるはずだと信じきっていた。絶え間なく外国の文書をタイプ打ちし、机には書類が山積みで、周囲にはミツバチのように人々が飛び回っていると、発生した問題にも早々に片がつくような気がする。ドイツの進軍は速かったが、それでもタチヤーナは、ソ連は様々なルートを駆使してドイツと和解しようとしていると考えていた。ヒトラーに対しては、一時休戦し、行軍を見合わせ、要求をはっきりさせるよう訴える働きかけがなされていた。

「ソ連側が本気でウクライナやベラルーシを譲るつもりがあったとは思えないけど、ソ連は軍の態勢を整える時間も必要だったから、外交官たちはドイツの外交官たちに会いに行って極めてあけすけに、協定を結ぶための会談をひらこうと呼びかけた。あたしは、その努力は必ず実を結ぶと信じてた。娘を保育園に送りながら、戦争は終わる、必ず終わる、って考えた。一週間が経ち、二週間が経っても、あたしはまだばかみたいに、この対立はすみやかに解決するはずだと思ってた。でも八月の終わりになって、リョーシャが南方戦線に徴兵されたときになってようやく、なにやらほんとうに恐ろしいことが起きたってわかったんだ……」

僕は紅茶をひとくち飲んだ。紅茶は熱く、濃く、甘い。ばあさんは微笑んでる。僕はもう一度時計に目をやったが、もう少しここにいようと決めた。

「一ヶ月後に、最初の手紙が届いた。一度に二通も。リョーシャはこれといってなんにも書いてなかった。心配させまいとしたんだね。あたしは感動したよ。戦火のまっただなかにいるくせに、どうにかしてあたしを怯《おび》えさせないようにってことしか考えてない。和やかな手紙だ。冗談ばっかり書いて、安心させようとしてた。天気がいいとか、食事も普通だとか、それから同じ部隊に楽器演奏の名人がいて、誰もいなくなった小学校でピアノを見つけたとき、その人がリストのハンガリー狂詩曲を弾いてくれたって。あとは、部隊にはごくありふれた男たちもいて、政治的意見が合う人ばかりじゃないけど、いまは敵に立ち向かうことで団結してるから大丈夫だ、って」

タチヤーナは、夫の部隊が橋を爆破していることを知り、そこに希望を見出《みいだ》していた。彼女はこう思い込もうとした――ともかく前線ではないのだから。後退するときにドイツ軍の行軍経路を断つのなら、それは必ず前もっておこなうはずだ。つまり、リョーシャは常にドイツ軍との直接衝突を避けられるはずだ……。

「よく覚えてるよ、レコード屋の店員が目を見ひらいていたっけ。あきれてさ。イライラして、理解できないって顔であたしを見るんだ。その目には、同情と憎しみが浮かんでた」

『戦時中だっていうのに、レコードを買いにくるなんて。どうかしてるんじゃないかしら。リストのハンガリー狂詩曲ですって。なんでまたその曲なの。なんでよりによっていまレコードを買う必要があるの。人間らしい生活をして日常を続けようっていうのね。悲劇に目を向けたくないのね。家に帰って靴を脱いで、レコードをかけようっていうのね』

そうじゃない。そんなことがしたかったんじゃない。タチヤーナは少しでもいいから夫の近くにいたかった。夫がどうしているのか知りたかった。リストを聴いて、このとき初めてその音色のなかにあるのが遊戯ではなく爆破音だと気づいた。聴こえるのはもはやユーモアではなく、これから味わうことになる恐怖だった。かつて微笑ましく聴いていたパッセージの戯れも、不条理で荒唐無稽で喜劇的な、始まりゆく戦争の悪魔的な愚かしさに聞こえた。

一〇月の半ばになると危機感はさらに強まった。リョーシャからの手紙は途絶え、次第に広まった噂《うわさ》とともに、突如としてモスクワが大混乱に陥った。

恐怖の日々は四日間続いた。ドイツ軍がすぐ近くまで迫っていると知ったモスクワの人々は、まさに気が狂ったようになった。自己防衛本能とはそういうものだ。史上初めて地下鉄が封鎖された。これがおそらく最終通告だった。風見鶏《かざみどり》たちの国家。嘘ばかり吹聴され続けた年月のうちにいかなる兆候をも正確に読み取る能力を身につけた市民は、合図が下されたことを察知したのだ。中心街からは人が消え、お金が消えた。天下のモスクワの主要なビル群に爆薬配置の準備がなされた。職場ではタチヤーナの席の周りを見慣れない青年がうろうろと歩き回り、どこに爆薬を設置すればいいかを算段していった。ほかの省庁と同じように外務省もクイブィーシェフ（モスクワの予備都市として大規模軍事施設が置かれた）への避難が計画されていたが、モロトフ配下の官房に突然、モスクワに留《とど》まれという指令が下された。

『あたしたち、どうなるんですか』

『大丈夫だ、心配するな。ジューコフ（当時のソ連参謀総長）が、防衛は成功すると約束した』

『ほんとうですか』

『間違いない！』

四日間、タチヤーナとは違いモスクワの人々はいかなる情報も信じなかった。誰もが車や荷車で逃げた。男たちはのろのろと走っていくトラックを見つけるたびに、妻や子供を荷台に乗り込ませようとした。ぎゅうぎゅう詰めになった荷台に乗り込んだ人々は、鞄や荷袋で居場所を死守しようとした。友情は友情、主義は主義としても、突然の大疎開で錯乱した人々の心に、感傷の入る余地はなかった。

『手をどけろこのアマ！　どけ！　殺すぞ！』

政府はずっと、ソ連には特権階級はないと主張していた。タチヤーナの父が熱心に入れ込んでいた外国の作家や思想家たちは数十年もそれを西欧に伝え続けていたが、しかし一九四一年一〇月、その主張は脆《もろ》くも崩れ去った——首都から逃れられたのは特権的な人々ばかりだった。それを知った一般の人々は特権者の疎開を妨害した。怒り狂った男たちは通りに出て、街を出ようとする車に見境なく襲いかかっては、金持ちから金をまきあげ、逃げ出す人々に暴行を加え、車を横溝に落としていく。市街地ではショーウィンドーが破られた。忠実なスターリン主義者たちは敵の手に渡ることを恐れて重要書類を焼いた。最高指導者の側近たちはそれぞれ、花瓶やソファーや絵画を運び出すための専用車両の準備を調えさせた……。

「リョーシャから二通だけ手紙が届いたって話はさっきしたね。それっきり手紙はこなかった。はじめは気にしなかった。郵便物が届かないのは外務省でさえあることだったから。強くなろうと思った。あたしの夫は戦場にいる、だからあたしだって夫にふさわしい人でいたい。みんなつらかったけどだんだん慣れて、悲劇が日常化していった」

職場からの帰り道、タチヤーナは毎日パーシカの家の前を通った。階段を上ってベルを鳴らしたい衝動にかられたけれど、パーシカが出てくるわけがないことはわかっていた。パーシカの消息がわからなくなってもう二年になる。外務省では、おそらくまだ取り調べ中だろうとか、もうすぐ釈放されるんじゃないかと噂されていたが、タチヤーナは考えた——七〇〇日も続くなんて、そんな取り調べがあるだろうか。

一九四一年は休みなく働いた。タチヤーナは書類をひとつ仕上げると、すぐに次の書類にとりかかった。全権代表の報告、会談の結果、同志スターリン宛の切々たる嘆願書、諸外国からの通信。開戦直後の初日から国際赤十字はソ連との関係改善を試みていたが、残念ながらまったく成果がでなかった。

ジュネーヴは捕虜の交換を始めようとしており、負傷した戦闘員を可能な限り助けようとしていたが、ソ連はどうしたことかこれに興味を示さなかった。外務省はスイスからの電報にあまり反応しないどころか、まったく返事をしないことがほとんどだった。

電報

ジュネーヴより
一九四一年一〇月二〇日

モスクワ
外務人民委員部　御中

私たちはルーマニアにおけるソ連国民の戦争捕虜二八九四名の名簿を受け取りましたことをお知らせいたします。この名簿はアンカラにある赤十字代表団の助力を得てお渡しいたします。あわせまして、ルーマニア政府は、ソ連側が拘束しているルーマニア人捕虜の名簿を受け取るまでは次の捕虜名簿を送らない決定をした旨を伝えるようにと通告してきたことも、お知らせいたします。

国際赤十字

「そういった呼びかけが届いていくうち、あたしは、上部が国際赤十字のほとんどすべての電報に対して同じ決議しか出さないことに気づいた――

『返答不要』」

ジュネーヴからは、赤十字の二人の代表者にビザを出してほしいという申請も届いたが、モスクワ側はこれを無視した。赤十字は何度も何度も呼びかけてきたが、外務省は上からの指令を守り沈黙を続けた。

「戦争捕虜関連のごたごたは、職員にとってただの厄介ごとだった。外務省にはより重要とみなされている仕事があった。それに、勇敢に戦ってる兵士は捕虜になどならないって説き聞かされてもいた。降伏する兵士は腰抜けだ、って。おかしなことに、そう言うのはみんな、モスクワに留まっている男たちだった。ソ連兵は血の最後の一滴まで戦い抜かねばならぬ。以上。次」

一九四一年の冬の初め、赤十字は約束通りルーマニア戦線におけるソ連人捕虜の名簿を送ってきた。その名簿が机の上に置かれたとき、タチヤーナは突然、体じゅうに鳥肌がたつのを感じた。

「自分でもなぜだかわからないけど、そこにあたしたちの苗字がないかどうか確かめてみようと思った。慎重に、誰にも見られないように、あたしは手紙に添付された名簿を手にとって、捕虜になった兵士たちの名前を読んでいった。ルーマニア側は苗字をアルファベット順に並べるなんていう手間は省いてよこしたから、見つけるまで何度か読んだ。そしてついに自分の、リョーシャの苗字を見つけだした……」

間違いない。すべてが一致していた――イニシャル、階級、生年。タチヤーナは気を失いそうになった。まるでモンブランの山に駆け登ったみたいに息切れがした。酸欠状態か、その類のなにかか。

「どう言い表したものかわからないけどね、いまにも死ぬんじゃないかって気がしたよ」

タチヤーナは震える手で名簿を置き、静かに席を立つと外に向かった。足の力が抜け、めまいがする。通りに出ると、あやうくバスにひかれそうになった。通行人がもうもうと白い息を吐いて、『どこ見てんのよ！』と怒鳴った。

「どうやって辻公園までたどり着いて雪の積もるベンチにへたり込んだのかも覚えてなかった。靴がつるつる滑って、氷の上を歩く雌牛になったみたいだった。寒いはずなのに、なんにも感じなかった」

体が震えるのは動揺してるからで、寒さのせいじゃなかった。タチヤーナは口元にてのひらをあて、落ち着こうとした。

（生きてる、生きてる、生きてる！）

タチヤーナは囁いた。

一瞬の死。小休止。モスクワには雪が降りしきっていたが、タチヤーナの時間は停止していた。大地を静寂が包んでいる。沈黙。まるで誰かが音を消したかのよう。癒《いや》しの空洞。夫は、負傷してはいるが、生きている。

負傷してはいるが、生きている……！

すぐにでも職場に戻らなければならなかったが、タチヤーナはそれができずにいた。

「そのときあたしの身になにが起きていたのか、想像もつかないだろう」

(パーシカ、ああ、いまどこにいるの、パーシカ！　いますぐ相談しなきゃいけない。どうしてもあんたの意見を聞かなきゃ。リョーシャが捕虜になった。ほんとよ。リョーシャが捕虜に。捕虜にとられたの。ルーマニアの捕虜。どこにいるのか？　わからない。ううん、心配しないで、誰にも言わないから……)

いくら落ち着こうとしても無駄で、いくら状況を整理しようとしてもできない。幸せ？　違う。タチヤーナが抱いていた感情は、ほかのいかなる感情であろうとも、決して喜びではなかった。

(第一に、リョーシャは生きている。

第二に、リョーシャは捕虜になっている。なぜ捕虜になったのか。どう過ごしているのか。どんなふうに扱われているのか。無事なのか。重傷、って具体的にどういうことだろう。銃弾か、爆弾か、銃剣か。もしかしたら、腕や足を失っているかもしれない。でも、いまこの瞬間、リョーシャは生きてる。それがいちばん肝心だ。捕虜の交換が要求されているんだから、つまりもうすぐ帰ってくる。あたしはリョーシャを抱きしめて、一緒に暮らすんだ。リョーシャと、アーシャと、あたしで……。

第二に……ううん、第二は、リョーシャが捕虜だってことだ。

第三に、リョーシャは捕虜になってる。つまり、あたしはそれを絶対に誰にも言っちゃいけない……そう、誰にも！）

「なぜです」

「なにが」

「どうしてタチヤーナさんは、夫が捕虜にとられたことを誰にも言っちゃいけなかったんですか」

「そりゃあ、あらゆる新聞に掲載された八月の国防人民委員令第二七〇号を、よく覚えてたからね――

『戦中に階級章を外す、後方に退く、敵に降伏するといった行為をおこなった軍人や政治指導員は悪質な脱走兵とみなし、その家族も、忠誠を破り祖国を裏切った者の家族として逮捕する』」

実際、事態はさらに困難をきわめていた。タチヤーナの勤務先は外務省だ。指令によれば、場合によっては降伏した者の家族は収容所に一五年入れられるだけではなく、銃殺される可能性もあるという。タチヤーナは、まさにその「場合」にあてはまるだろう。

「忘れちゃいないだろう、あたしがどういう文書を扱ってきたのか、どこで生まれたのか」

罠だ。人生は一瞬にしてまっさかさまにひっくり返った。落とし穴だ。運命が巧妙に作りあげた策略だ。リョーシャが捕虜に……。夫が人民の敵になったその瞬間、妻も人民の敵になった。

（行かなきゃ！　いますぐ職場に戻らなきゃ！）

　タチヤーナはベンチから立ちあがって繰り返した。仕事場に戻りながら、行動しなくては、と考えた。いざとなれば人の頭脳は驚異的な速さで動く。一秒に一〇〇万通りの策が浮かんだ。瞬間の判断。視界は靄《もや》がかかったように曇っているのに、頭は冴《さ》え渡《わた》っている。まるで世界トップクラスのチェスの名人のように、タチヤーナはあらゆる戦略を思い浮かべた……。

「いまになって言いわけしようとしてるわけじゃない。違うんだ。自分の背負い込んだものがなんなのかはわかってる。ただ面白いのは、あまりにも速く、文字通り一瞬で、良心は崩れるってことだ。パッと、一秒にも満たないうちに、人間性は失われる……」

　それまでどのくらい、友達とテーブルを囲み酒を飲み交わしながら、自分ならどうするのかを、あれこれ話し合っただろう。

『ううん、そんなこと絶対しない。死んでもしない。密告なんてありえない。垂れ込むなんて、一生ない。どうしたってできないことってのがあるでしょう。倫理は、人間の尊厳はどうなるの。誰々と誰々が密告書を書いたって話を聞いたとしたって、じゃああたしも書くかって言われたら、書かないわよ。絶対。人を貶《おとし》めるなんて、たとえ拷問されたってお断りよ。仮にもしそれによって自分の子供の運命が左右されるとしても、どんな状況になっても、あたしは人間であることをやめない』

　ところがだ。現実は、はるかに困難だった……。人間は、自分自身を納得させる能力だけは、巧みに身につけてきたのだ……。

階段を上りながら、タチヤーナの人差し指は震える金槌《かなづち》のように前歯を叩いていた。

（考えろ、考えろ、考えろ……。赤十字からの手紙はフランス語で書かれてる。捕虜の名前はラテン文字だ。もし外務省の誰かがこの名簿を読んだら……もし誰かが見て、文字を置き換えて、そこにあたしの夫がいるって知れたら……ううん、その可能性は低い。そんなことをする人はいない。ただでさえ仕事は山積みなんだから。この名簿に興味を持つ人なんていない。三〇〇〇人近くもいるし。それをぜんぶ読もうとする人なんて。女性職員か。でも、夫が前線にいるのはあたしだけだ。レーナが確かそうだったけど、秋の初めに戦死の知らせを受けてた。だから、外務省内部の人間は大丈夫……とにかく落ち着かなきゃ……落ち着け、落ち着け、それで……内部の人間は気づかない、流してくれる、でも、内務人民委員部は……秘密警察はそうはいかない……。あたしはいま、あの資料を翻訳してポドツェロブに渡す。資料は数日後に秘密警察に届く。やつらは待ったなしですぐに仕事にとりかかる。前線に行く気なんかない、やつらにはやつらの使命がある。多くの人を逮捕すればするほど賞賛される。おそらく秘密警察に届くのは、翻訳された資料だけだ。じゃあ、タイプミスをしたらどうだろう。苗字の一文字だけを変えたら。翻訳元の資料と照らし合わせるなんていう作業は絶対にしないはずだ。綴《つづ》りのうち一文字だけを変えれば、別の人を探しにかかるはず……。だけど、パフコフじゃ、どの文字も変えようがない。ああもう、リョーシャ、あんた、よりによってなんていう苗字なの……。ううん、文字を変えるのはだめだ。それに、探してた人間が見つからないとなって、なにかおかしいって気づかれたら、あらためて翻訳元の資料の提示を求めてくるかもしれないし、そうしたらすぐ、すべてが明るみに出る。そもそも、外務省としては翻訳元の資料を提示する義務があるのかどうか。誰か知ってるかしら。誰に訊いたらいいか……。ううん、もちろんそんなこと訊いちゃいけない。じゃあ、単にリョーシャを名簿から外したらどうだろう。でも、そうしたら捕虜の人数が合わなくなる。秘密警察としてはそのまま、探す親族が一人少なくなるだけだろうけど、兵士の人数を照らし合わせる可能性があるのはむしろ外務省のほうで……）

そうして、タチヤーナは自分と夫が助かる方法を考えたが、どうしたらいいのかわからずにいた。部屋に入り、考えを集中させようと必死になりながらも、それを悟られないようにして席に着く。まずはもう一度、資料を確認することにした——（ひょっとして、目の錯覚かもしれない。名簿にいるのはリョーシャじゃないかもしれない）

だが、やはり間違いない。ルーマニアの捕虜名簿にいるのは、確かにリョーシャだ。

じっくり考えている余裕はない。即刻の決断が迫られた。まずは赤十字からの要請を翻訳し、それから名簿にとりかかる。普段のタチヤーナはもっと仕事が早かったが、いまは自明の不可抗力でスピードが落ちていた。二時間半が過ぎ、ようやく問題の箇所、リョーシャのところまで到達した。

（もしかしたら、実際には親族の捜索なんてしないかもしれない。曲がりなりにも戦争中なんだから……自国の市民に牙を向ける余裕なんてないかもしれない。敵が侵攻してきているってときに、国民を監視するなんておかしいじゃない。ううん、そんなことはともかく……落ち着け……いいから考えろ……考えろ……客観的に考えろ……戦争は戦争、でもやつらにはやつらの仕事がある……。たとえばもし名簿がありのまま秘密警察に届いたとしたら……。だめだ、やっぱり修正しなきゃ……でも、もしあたしが名簿を改竄《かいざん》したってことがばれたら、即座に射殺される、これは間違いない。じゃあ逆に、こっちからすべて打ち明けたらどうだろう。もし、あたしが正直に白状したら。そしたら、見逃されるかもしれない。話し合いで解決するかも。お手本にされるかも。『この女性は、夫が人民の敵と知るやいなや夫を捨てた、真の共産主義者なのだ』って。プロパガンダにうってつけの話だ。もしそれが良心的な行動と認められたら、少なくともアーシャの傍にいてあげられる。あたしは『人民の敵である夫など、金輪際見たくもありません』ってアーシャの傍にいてあげられる。あたしは『同志諸君、あたしたちを許してください』って。それとも、離婚したほうがいいだろうか。すべてが明るみに出ないうちに、いますぐ離婚届を出してしまえば。大丈夫、リョーシャはわかってくれる。あたしは自分じゃなく、アーシャを救うんだから。リョーシャがあたしと同じ立場でも、間違いなく同じことをしたはずだ。リョーシャはあたしを愛してるんだから、あたしたちを責めたりしない……。だけど、だめだ……だめだ、だめだ！　どうしたって八方塞がりだ。あいつらは、機密文書を扱える立場の人間の夫が敵に寝返ったってわかった瞬間に、あたしを逮捕する。どうしよう……どうしよう……どうしよう……）

「どうして黙るんですか」

「え？」

「どうして黙るんですかって訊いてるんです、いったいなにをしたんですか」

「なにって？」

「その書類をどうしたんですか」

「えーっと……忘れたねえ……」

「忘れたって……そんなわけないでしょう⁉　いまのいままで、なにもかも至極詳細に話してくれていたじゃないですか！」

「いや冗談だよ、サーシャ、冗談……。おかしいだろう。いまこそ冗談の言いどきだね。楽しい話だろう、どうだ。テレビをつければ、あの時代を懐かしむ人たちが出ている。恐怖なしには生きていけない人も多い……。あたしがどうしたか、って？　どうしようがあったと思う？　あんたがあたしの立場だったら、どうしてた」

「わかりません、そんな、即座には答えづらいですが……」

「即座には答えづらい、か……。あたしも同じだったよ。その日の朝はまだ、良心の呵責《かしやく》もなにも感じていない、ごく普通のソ連人だった。やましいところなんかなかった。人を騙したり陥れたりもしたことがない、誠実な人生を送っていた……。それがもはや、そのどんよりとした寒い日の昼どきには、運命に苦渋の決断を迫られていた……。そんな歌があったね、どうしよう、どうしよう……あなたを手放すことも、忘れることもできないわ……」

「その歌は、別のことを歌ったものだと思いますが……」

「ああ、別のこと……そうだね……その通り……別のことだ……。あたしがなにをしたかって。あたしはね、そのあと一生悔いることをしたんだ……」

＋

タチヤーナは自分の机に向かって座り、夫の苗字を見つめていた。ルーマニアの名簿原本にはあり、翻訳にはまだ、ない。実行のときがきた。翻訳にも夫の苗字を入れるならば、誠実であり続けることはできるが、そのかわり、自分だけでなく娘までもを危険に晒《さら》すことになる。入れなければ逮捕は免れるかもしれないが、秘密警察に気づかれる恐れもある。

「一人でチェスをして、その一手一手をすべて記録している人がいるとするよ。部屋にはほかに誰もいない。それで、黒の番がきたときに、白のポーンをひとつだけチェス盤から盗むとする。その人はどうすると思う。ポーンがなくなったことを記録に残すだろうか。なんのために？　そこにあったポーンが、突然なくなった。ひょっとして誰も気づかないかもしれない。退屈しのぎのチェスの一局になんか、誰も興味を持たないかもしれない」

「それでいったい、なにをしたんです」

「なにをしたか？　あたしは……別の人の名前を入れたんだ……」

「どういうことですか」

「簡単だよ。ある人の苗字を、ふたつの欄に打ったのさ……」

リョーシャの番がきたとき、タチヤーナはひとつ前の苗字をもう一度打ち込んだ。これで、五六七番と五六八番には同じ兵士が並んだが、それはもはやリョーシャでは、彼女の夫ではなかった。パフキンの次、パフコフがくるはずだった欄に、その見ず知らずの兵士の苗字を繰り返し入れることで、タチヤーナは夫の苗字を名簿から外したのだ。

ばあさんは口をつぐんだ。お茶をひとくち飲み、ティーカップから僕に視線を移す。

「あんたがいまなにを考えてるか、あててあげようか。どうしてそんなことができたんだ、って思ってるんだろう。どうしてほかの人は外さなかったのに自分だけ助かろうとしたんだ。どうしてすべての苗字を変えなかったんだ、って。あたしもね、何年もあとになって、そうすればよかったと考えてみたこともあった。二〇〇〇以上の苗字をぜんぶ変えてしまうべきだったかもしれないと……。そうすれば、少しの期間だけはやつらの捜索を惑わせることができただろう。だけどそれじゃあ、いずれにせよじきに結局は自分もほかの人もみんな捕まる……。だからそんなのは、英雄的でもなければ意味もない……。

そもそも、いまさらそんなことを話したってしょうがない。どっちみち、あたしはそうしなかったんだから……。臆病だったかといえば、もちろんそうだ。言いわけするつもりもない。あの日、あたしが卑怯《ひきょう》なことをしたのはわかってる。でもそのぶんあたしはじきに運命から、したたか罰を受けることになる……」

タチヤーナはその兵士を知らなかった。知らなかった。わかっているのは、夫と同じくソ連の一市民で、同じく負傷兵で、ただ夫のひとつ上の欄に苗字があったがために、二回も苗字が打ち込まれたということだけだった。それだけ。たったそれだけだ。タチヤーナはその青年を知らないのに、その家族に二重の枷《かせ》をはめてしまった。

「あたしは、おそらく秘密警察はそれを単純なタイプミスと判断するだろうと考えた。そもそもほんとうにその名簿にある兵士の妻を全員逮捕するとしたら、膨大な労力を要する。数千もの女を探しだして逮捕することになるんだから。きっと、たった一人の人間の行方を追うなんていう面倒なことはしないはずだ。そう考えた……」

タチヤーナは、書類を提出したあともそれまで通りの生活を続けようと誓い、『なにもなかった、まったく何事もなかったんだ』と繰り返した。タイプミスと判断されるはずだ――『おおかた、タイピストが見間違えて、同じ苗字を二回打ったんだな。外務省に電話して、そいつを叱ってもらわにゃならん』と。

「切り抜けてみせる、と思った。度胸をつけて。ひっきりなしに入ってくる仕事のおかげで、気も紛れるはずだ。あたしは翻訳を最後まで仕上げて、提出した。秘密警察に送られるはずのロシア語版名簿には、これでもう、リョーシャはいなかった」

赤十字国際委員会より
謹んでお悔やみ申し上げます。
ソ連赤軍兵
アントン・ベスソーノフ（生年一九二五）は、
フィンランド戦線にて重傷を負い、戦場においてフィンランド兵によって保護され、フィンランド第五八野戦病院に移送後、手厚い医療処置が施されましたが、一九四一年一二月九日、負傷による死亡が確認されましたことをお知らせいたします。
この報告は、故人のご友人であり同時期に同じ野戦病院に収容されていた兵士からの情報に基づいて作成されました。
故人の遺言に従い、この戦死の知らせをカリーニン州エメレノ村に在住のベスソーノワさんにお伝えください。ベスソーノワさんの名前、故人との血縁関係の詳細につきましては情報がありません。
予《あらかじ》めご配慮にお礼申し上げるとともに、私たちが心よりの敬意を込めて当報告をお送りいたしますことをご理解いただきたくお願い申し上げます。

赤十字国際委員会

赤十字国際委員会より
ソ連赤軍兵ドミートリー・セミョーノヴィチ・クリレンコは、一九四一年一一月一四日、ウクライナのゴルロフカ近郊、ニキートフカへの道中にて戦死されましたことをお知らせいたします。ゴルロフカからニキートフカへ行く途次の、跨線橋《こせんきょう》を越えた舗道の右脇に埋葬されました。

この報告は、イタリアの赤十字支局からの情報に基づいて作成されました。

故人の家族の苗字や名前については情報がありません。

心よりの敬意を込めて当報告をお送りいたします。

赤十字国際委員会
中央捕虜情報局
ブルーノ・ドゥ・ロエフ

赤十字からは電報が届き続けていた。タチヤーナは毎日心臓が縮みあがる思いでジュネーヴからの通達を待っていた。兵士たちの戦死の知らせを読みながら、その次の電報には夫の戦死が綴られているかもしれないと考えた。

『赤十字より謹んで申し上げます。ソ連赤軍兵……』いや、違う、この人は死んでない。さいわい、負傷だ、さいわい、リョーシャじゃない、さいわい、誰か別の人だ……。

「一週間が過ぎた。大量の電報が届いたけど、相変わらずリョーシャのことはなにもわからなかった。重傷。ある名簿にはいたのに、別の名簿からは外された。あたしが外した。ルーマニアの捕虜になってる。重傷。

ルーマニアの捕虜。

重傷。

いまも？

それとも、もういない？

重傷の捕虜は長くは留《とど》めておかないはず。

重傷の捕虜は誰にも必要とされないはず……」

紛争の当事者にとって重傷の捕虜の交換は最優先事項のはずだった。重傷者を抱えていると面倒が多すぎる。ここでは味方の兵士のことさえ見捨てるのだから、敵を救おうとなどするわけがない。そんなばかなことはしない。赤十字は謹んで遺憾の意を伝え、心よりの敬意を込めながら、通達に新たな重傷者名簿を添付してくる……。どうぞお読みください、この方々はいまにも死にかけているんです、とでもいうように……。

「いつだったかレーナが——九月の初めに夫を亡くしたタイピスト仲間のレーナのことだけどね、そのレーナがあたしのところにきて、訊いた——

『ターニャもアレだったわよね』

『なんのこと』

『つまりほら、西側で生まれたんでしょ』

『うん、ロンドンだけど？』

『あのさ、こうやって書類の打ち込みをしててもさっぱり理解できないんだけど、あんたたちってなに考えてんの』

『どういう意味？』

『だからほら、ヨーロッパ人の頭んなかってどうなってんのよ』

『あたしはレーナとまったく同じソヴィエト市民よ』

『そんなことわかってるわよ。でもあんた、住んでたんだから、あっち側の人たちの頭んなかがどうなってんのか、わかるでしょ』

『レーナやあたしとまったく同じだと思うけど』

『同じ？　まさか。同じだとしたらどうしてあんな山のような書類を送ってくるのよ』

『書類？』

『一人一人の兵士についていちいち書いてあるあの電報よ。どうしてあんなことやってるの？　なんのために？　さっぱりわかんない。何十もの国が戦争して、何十万もの人が死んでいってるのに、ジュネーヴのあのふざけたやつらったら電報ばっかりよこして。今日なんか私、キエフ近郊の三人の兵士のためにとんでもなく時間をとられた。みんな戦死してて、でも親族が不明だって。あいつらはなにをしろって言ってるの？　ウクライナの中央広場に行って、死体が三つあるんですけどって叫べばいいわけ？

たまに、あのスイス人たちは単に私たちの仕事を妨害しようとしてるだけなんじゃないかって思いたくなるわ。ひょっとしたらファシストの味方なんじゃないの。だってソ連の兵士の身に起こったことが、あの人たちとどう関係あるってのよ。ソ連兵の誰かが死んだからってなんだっての。一年の終わりにでも一度にまとめて名簿にして送ってくれたらいいじゃない。まさか、ここの仕事は親族と手紙のやり取りするだけだと思ってるわけじゃないでしょう。戦争が終われば、ぜんぶなるようになるわよ』

『たぶん、大事なことだと思ってるんじゃないかな』

あたしはレーナを怒らせないように、落ち着いて答えようとした。

『大事ってなによ。いま誰にとってこんなことが大事なのよ!?』

『あたしとか。自分の夫がいまどこにいるのか知りたいから』

『知ったとして、それがなんに影響するっての』

『なにもかもすべてよ、レーナ……』

タチヤーナは吸い殻を捨てて仕事場に戻った。カレンダーを見て、もう数週間も煙草《たばこ》を吸っていることに気づく。煙草は気分を落ち着かせてくれた。毎日、戦死の知らせを受け取るのが怖かった。毎晩、救うことのできなかった家族を思った。タチヤーナは二倍の逮捕の危険に晒してしまった女性について考え、見ず知らずの兵士の苗字を頭のなかで繰り返しながら、その兵士がまだ結婚していないことを祈った。そして数千もの母親たちに対し、息子が生きていると教えてあげられないこと、あるいは家族の死を知らせられないことを思っては、心を痛めた。

「どうしたらそれができただろう。名簿を転写して個別に送るとしても、切手代だけで破産する量だ。おまけに、モスクワから出される手紙には厳重な検閲がなされていた。兵士の妻たちを探しだして直接話せばいいのか。でもあたしたちは休みなく働いていて、街を抜け出すこともままならなかった。そんなことを考えていたとき、あたしはようやくとんでもなくばかなことをしたって気づいた。やった当日はうまく切り抜けたつもりでいたけど、考えうる限り最悪の選択をしたって。どうしてあんなにバカなことを考えついたんだろう。なんでもいいから架空の苗字を考えてそれを書けばよかったのに、わざわざその箇所が即座に目につくようにしてしまったんだ。なんて頭が悪いんだろう、同じ苗字を二回も書くなんて。そんなに目立つ反復を、秘密警察が見逃すとでも思ったのか。（やつらは重複を目にした瞬間、不正に気づく！）って、あたしは思った。架空の苗字を書いてうちの家族から注目を逸らすかわりに、知らない兵士が逮捕される危険を増やすだけじゃなく、自分が逮捕されるかもしれない状況を自分で作りだしてしまった」

逮捕のことが片時も頭から離れなくなった。夫を思い娘を思うと恐怖にかられた。危険はあらゆる瞬間、あらゆる場所に潜んでいる。家にいても、いまにも誰かが訪ねてくる気がした。街なかで自分に目をとめるすべての人、すべての通行人が、すぐにでも襲いかかってくるように思えた。夜になりアーシャを寝かしつけたあとも、家の前を通る車の音にいつまでも耳を澄まし続け、身も心もすっかり疲れ果てた深夜三時や四時になってようやく眠りについた。

タチヤーナは逃亡の計画をたてた。たった一人の友人は牢屋にいる。リョーシャの両親はこミンスクにいたが、ミンスクは当時すでにドイツの占領下にあり、それもあってタチヤーナは躊躇《ためら》っていた。毎回新しい計画をたてるたびに、なにかしらの落ち度が見つかった。実行しなければならなかったが、タチヤーナは恐怖に囚《とら》われて動けずにいた。

「そういうときに母性本能が役にたつかというとそうじゃなく、むしろ母性本能のせいで慎重になった。怖かった。あたしが迷い込んだ迷路は、どう進んでも牢屋に続いてる気がした。それがとにかく怖かった。ほんとうに。あの重圧には人の気を狂わせる威力がある」

タチヤーナは、死刑執行室に入れられたきりなぜだかなかなか殺されない囚人になった気分だった。ピストルを後頭部に向けられ、冷たい銃口が頭に触れているのに、執行人は引き金をひかない。一日目、二日目、二二日目。数ヶ月後にはタチヤーナは焦燥しきって、音をあげてしまいそうになっていた。

「あたしはひっきりなしに体調を崩してた。体がまいってたんだ。無理もない、どんなに残酷な宣告をされたとしたって、わからないよりはましなんだから」

タチヤーナは同じ夢を繰り返しみるようになった。リョーシャが彼女の手をひいて、木造の長い橋の上を歩いていく。リョーシャはタチヤーナに話しかける――

『どう、俺が建てた橋なんだ。気をつけて、まだ手すりをつけてないから……』

橋は切りたった崖の上にかかっていて、風に吹かれて揺れている。極力慎重に歩く、というより、言《は》ったほうがいいくらいだ。そうして毎回橋の真んなかまでくると、二人はどういうわけか立ち止まり、先へ行けばいいのになぜだか端のほうへ寄っていく。リョーシャはタチヤーナの腕をとり、座ろうとする。タチヤーナは怖くてたまらないけれど一緒に座る。橋から足を下ろし、恐怖に凍りついたまま下を見ると、遥《はる》か下にさざめくちいさな水色のモミの木々が見える。橋は揺れ、怖くて太ももが痺れている。先へ進もうと言おうとすると、リョーシャはもういない。人生のいちばん恐ろしい瞬間に、いなくなってしまった。タチヤーナは橋の真んなかに座り込んだまま、悟る——もし立ちあがろうとしたら、両手をついて立とうとしたその瞬間に、橋は揺れ、下に落ちてしまうと……。

一九四二年四月、赤十字からもうひとつの書類が届いた。今回はルーマニア側が六三二名のソ連兵捕虜の送還を望んでいた。タチヤーナは誰にも見られていないことを確認し、また名簿を確認した。一回、二回……。

「あたしは何度か通して名簿を見たけど、リョーシャはいなかった。

(リョーシャが、いない)

(回復した?)

(元気になった?)

(逃げた?)

(別の収容所に移送された?)

(ひょっとして、もうモスクワに帰ってくる途中かも)」

リョーシャは生きている、何事もない、と思いたかった。少なくとも自分にそう言い聞かせることはできるはずだった——(リョーシャは大丈夫よ、聞いてる? ばかね、聞いてるの? 鏡を見て、言ってみなさい。リョーシャは元気だって。落ち着いて、静かに、言いなさい……はい、深呼吸して……リョーシャは元気……) だができなかった。数ヶ月にわたる極度の重圧の果てに、タチヤーナは参ってしまっていた。もう気力が残っていない。新しい名簿にリョーシャの名前がなかったことで、夫はもう死んでしまったのではないかと慄《おのの》いたのだ……。

「いつだったか、ポドツェロブが廊下を歩いているのを見つけたとき、あたしはとっさに机を離れて、あとを追った。

『すみません、お話があるんです！』

『どうした、そんなに慌てて』

『質問があって……大事なことなんです』

『なんだ』

『戦争捕虜って、どうなるんですか』

『どういう意味だ、ターニャ』

『いま捕虜になってるソ連兵は、どうなるんですか』

『どうしてそんなことを訊くんだ』

『夫が、いる気がするんです……』」

ポドツェロブはタチヤーナをじっと見た。

『どこに』

『いえ、あの、確信はないんですが……ただ、もうだいぶ前から手紙もこなくて、それでふと思ったんです、ひょっとして、捕虜になってるんじゃないかって』

『ああ……まあ心配するな。郵便も大混雑だからな……。いいから仕事に戻りなさい、きっと無事だよ』

『違うんです、夫が、ルーマニアの捕虜名簿にいたんです……』


死刑判決。タチヤーナは街を造り広場を造った。鍛冶場を建て、死刑執行人を育てた。処刑台を築いたのも自分なら、登ったのも自分だ。すべてはわずか数秒のできごとだった。ポドツェロブは黙ってタチヤーナを見つめ、タチヤーナはたったいま自分に判決を下したと悟った。ルーマニア名簿と聞いたポドツェロブはタチヤーナをそっと窓際へ連れて行き、周囲を見回して、小声で訊いた。

『それは確かか』

『はい』

『最新の重傷者名簿にもいるのか』

『いいえ、最新のほうにはいません、でも冬の初めに届いた名簿にはいたんです。だからこそ心配になって……』

『忘れなさい！』

『どういう意味ですか』

『忘れろと言ってるんだ、いいか！』

『そんな、どう忘れろっていうんです』

『とにかく忘れるんだ。君の夫は帰らない。二度と帰らない、わかったか？　おそらくは収容所で死ぬだろうが、万が一にも脱走しソ連陣営へ戻れたとして、即座に軍事裁判行きだ。ちくしょう、最悪だ。ただでさえ職員が不足してるってのに。とにかく誰にも知られないようにしなさい、聞いてるか!?』
『ええ、でも、夫はいったいどうなるんですか？』
『どうにもならんよ……』

ポドツェロブは出窓に置いていた書類を荒っぽく摑《つか》むと、廊下を歩いていった。まだなにかぶつぶつとひとりごとを言いながら。そうしてタチヤーナは、運命を変えるほど愚かなことをしてしまったと気づく。自ら刑罰を下したのだ。自分にも、リョーシャにも、アーシャにも。

「こういう場合、上司は報告書を書かなければいけないはずだった。ポドツェロブがもしあたしの事情を秘密にするなら、必然的に、外務省の内部に潜む敵をかくまう罪を犯すことになる。廊下の先のドアの向こうに消えたポドツェロブを見て、あたしは、これでもう自分が逮捕されるまで、今度こそ間違いなく、数日の猶予しかないと思った……」

資料

戦争捕虜の情報交換の問題について

一九四二年一月一三日付のヴィシンスキー（法学の権威として粛清に関与し、戦時中はソ連の外交を担った）の報告書によると、ソ連と交戦中の敵国との戦争捕虜の情報交換にかんして、モロトフは次のように書いた。

『名簿を送る必要なし（ドイツ側はあらゆる法その他の規範に違反している）』

一九四二年三月二四日付のヴィシンスキーの報告書には、ルーマニアからの戦争捕虜名簿交換の件について、赤十字の提案に返答しないことを決めた、モロトフの同意のサインがなされている。

一九四二年四月二三日付のヴィシンスキーの報告書には、ブルガリア使節団より在ソ連ドイツ人戦争捕虜の情報提供について何度も要請があった問題について、モロトフが「返答不要」と書き込んでいる。

一九四二年七月三〇日付のヴィシンスキーの報告書では、フィンランド政府から戦争捕虜名簿交換の要請があった件について、モロトフが以下の内容に同意のサインをしている――フィンランド政府の要請（およびこれに類する赤十字国際委員会からの電報）に返答する必要はない。

一九四二年八月三一日付のヴィシンスキーの報告によると、在スウェーデンのソ連公使に対してスウェーデン外務省からなされた戦争捕虜名簿交換の要請について、その類の要請には返答の必要はなく、もしスウェーデン側が執拗《しつよう》に要求してくるようであれば、しかるべき相手に次のように返答することが推奨された——すなわち、ヒトラー政権およびその共謀国によるソ連人戦争捕虜に対する残虐非道な待遇からしてみれば、ソ連政府が戦争捕虜名簿の交換に対して否定的な立場をとるのは当然であり、一切の説明を必要としない。

一九四三年一月二九日付のヴィシンスキーによる法務部の報告書によると、一九四三年一月二七日付で第二七ブルガリア使節団よりソ連が捕虜にとったドイツ人上等兵ガスタニエンの消息を知らせるよう要請があった件に返答しない方針を固めたことについて、ヴィシンスキーは「同意」の決定を下している。

荒野にひとつ、十字架が立っている。細く、人間の背丈くらいの。素朴だけれど、気高い。古い二本のパイプを溶接して作られたその十字架はぼろぼろに錆《さ》びて、赤く見える。少し傾いているけれど、しっかりと土に突きたてられていて、風が吹くと共鳴し、楽器になる。十字架は、過去をうたい未来をうたい、死を、閉塞感を、記憶を、あきらめをうたう。血を浴びたのではない、すぐ下の大地から血を満身に吸いあげたこの十字架は、大地の歴史であり比喩であり、警告であり目印であった。十字架には雨が降り注ぎ、雪が積もり、太陽が照りつけた。そうして十字架の投げる黒というより赤黒い影は、いまでは遥か地平線の彼方《かなた》まで伸び、時折それを夕焼けと勘違いした人々が、うっとりと眺めていた。

電報

ジュネーヴより

一九四二年七月二五日

モスクワ外務人民委員

モロトフ閣下

私たちは、ソ連領内にいるフィンランド人捕虜の情報を求めるよう、フィンランド政府から再度の依頼を受けました。フィンランド政府からはすでに名簿を受け取っており、ソ連からフィンランド人捕虜名簿を受け取り次第、私たちを介してただちに交換が可能になります。一九四一年にフィンランドとソ連の間で交わされております声明に基づく互恵の原則は、実質的に、一九〇七年のハーグ陸戦条約、および一九二九年の傷病者の状態改善にかんするジュネーヴ条約にも適合するものです。

この件についての交渉を速やかに始めるため、モスクワに使節団を派遣することを提案しました一連の呼びかけに対し、いずれも回答を得られなかったことに鑑み、こんにち赤十字国際委員会は、戦争捕虜名簿の同時交換の提案のみに留めさせていただきますとともに、交換の仲介者として誠心誠意の対応をさせていただく所存であります。

また、赤十字国際委員会はこの電報と同時に、問題全体に関わる補足情報をお伝えするため、別の書簡もあわせて閣下にお送りいたします。

フーベル
国際赤十字

『返答不要』

僕は唇を嚙《か》んだ。鼓動が早い。これから聞くことになるのは、あきらかに気軽に聞ける話ではないのだろう。ふと、人の不幸が自分の不幸と重なっていく。化学反応が起こり起爆装置が作動するかのように。急ごしらえの橋が再び崩壊すると同時に、僕は妻を思い出す。喉元になにかがこみあげる。胸がつかえる。不意の発作に襲われ食道が痛くなる。こんな話は、もう聞きたくない――そうでなくとも、ここ数ヶ月のあいだに僕は疲れ果てているのに。

「サーシャ、大丈夫かい」

「ええ、たぶん大丈夫です……」

「あたしはね、あんたがどうしてここに越してきたのか、訊こうと思ったんだ」

「もう話しましたが……」

「忘れちゃったよ」

「だから、娘のために、そうしたほうがいいと思ったんです」

「はて、ほんとうに話したかい。覚えてないねえ。それで奥さんはなんだって？　女の人は引越しを嫌がることが多いだろう」

「関係ないでしょう！」僕は不意に取り乱した。「どっちにしろ、なにもかも忘れてしまうんだから」

「まあ、そう言わずにさ……」

「妻は一緒じゃないんです」

「ほう、ずっとか」

「もう六ヶ月になります」

「なにがあったんだ」

「あの、僕のことはほっといてくれませんか。確かタチヤーナさんは、恐怖の話をしてくれるはずでしたよね。それがどうして僕の引越しの理由を話すことになるんですか。僕はなにも、頼み込んでお宅におじゃましたわけじゃないでしょう。僕の身になにがあったかなんて、タチヤーナさんとなんの関係があるんですか。それとももとなりの家の事情に口を出さなきゃ気がすまないんですか。家具はどうしたとか、見ていいかとか、引越しの理由だとか、妻の気持ちだとか！」

僕は席を立った。足元にあった絵を押しのけて玄関に向かう。買い物袋を手に取りドアを引き、ぞんざいに「それでは」とだけ言い捨てて。ばあさんの部屋の鍵が閉まり、一瞬ののちに僕は自分の部屋に帰り着く。台所へ行き食材を冷蔵庫に入れ、母さんに電話をかける。母さんは嬉しそうに、孫と素敵な一日を過ごした話を聞かせてくれる。いい子にしていて、ぐずりもせず、おじいちゃんにあやされても楽しそうにしていた。「きっとおとなしい子に育つわね」と、母は予測した。

（それはよかった）と、僕は思う。

オープンサンドを作りウォッカの瓶をあける。グラスはないからラッパ飲みだ。食道は相変わらず痛むが、ひとくち飲むごとに、どんな痛みも鈍らせてくれる心地よい麻痺《まひ》が効いていく。

壁にもたれて、ばあさんの話を思い返した。もし同じ立場だったらどうしただろう。ロシア語訳の捕虜名簿に妻の名を書くだろうか。おそらく、書かない。でも問題なのは、僕が潔白かとかそういうことじゃなく、僕だったらそんなふうに即座には計算できないだろうということだ。普段サッカーの審判をしているとはいえ、瞬時の判断は得意じゃない。ばあさんの即断はすごい。サッカーならトップクラスの選手のプレーだ。ほんの一瞬だけ早い判断で送られたパスが、試合を変えることがある。スターリン時代の人々は、身に迫る危険を正確に判断する能力にとてつもなく長《た》けていたのだろう。僕はきっと人生で一度も、そんなふうに一瞬で総合的な判断を下すことなどないだろう。夫が捕虜にとられた事実が娘の未来に影響を及ぼす可能性に、一瞬で気づくなんて……やっぱりそんなこと、僕なら想像もつかない。
僕はウォッカの瓶を掲げ、ソヴィエト時代に生きた一人の女性に乾杯し、それからもし自分が同じ立場だったとしたら一九四二年に人生は終わっていただろう、ということにも乾杯した……。

＋

ここ数日、ずっとだ。今日もまたラナの夢をみた。僕たちは荷造りをしている。水着とゴーグルを用意しているところをみると、海への旅行だ。僕は幾度も荷物をまたぎ、ラナにキスをする。ラナは夏着の薄いワンピースを着ている。夢のなかでもわかる。パリで買ったワンピースだ……。

初めて二人で行った旅行。僕はずっと、お金が底をつくんじゃないかと気が気じゃなかった。つきあってもう一年が経っていたけれど、僕にとってラナは相変わらず別世界の人のような気がしていた。いまだに僕と（どうしてだかわからないけれど）つきあってくれている、高嶺《たかね》の花。レストランで食事をするたびに、いまにも大恥をかくんじゃないかとヒヤヒヤした。高い食事を一回食べられるくらいのお金は残っていたけれど、僕はばかみたいに、そういう豪華なディナーは旅行の最終日にとっておくべきだと決めてかかっていた。

旅支度ができた。僕はスーツケースを閉めようとするが、その瞬間、誰かが玄関のベルを鳴らす。ベルはやかましく鳴り続けるけれど、いまこの瞬間に荷造りを終えないと旅行には間に合わない。僕は「いま行きます！」と繰り返すがベルは鳴《な》り止《や》まず、ついには僕を夢から醒《さ》ます。

僕は目をあけた。ほんの小一時間寝ただけかと思ったら、時計の短い針は一〇時を指している。朝になり、引越し屋がきたんだ。玄関ドアの向こうには、ソファーや本棚や椅子が待ち受けているはずだ。

「少々お待ちください、いま行きます！」

引越し屋は荷物を運び込みはじめた。僕は自分がいては邪魔になると思い、コーヒーの入ったカップを持って階下に降りた。


外は一〇月の小雨《こさめ》がぱらついていた。保育園の園庭にいる子供たちがまるで囚人のように柵をわしづかみにして、荷下ろしをするトラックを眺めている。僕は自由の身だけれど、あの子たちは違う。見たところおそらく年長組の男の子たちは、一連の作業をものも言わずに一心に見つめている。僕は裸足《はだし》につっかけたサンダルでいくつかの水たまりをまたぎながら保育園の柵のすぐ前まで行ってみた。一人の男の子が柵のあいだから片手を伸ばし、大人顔負けの握手で僕に挨拶した。

「あのね、今日ね、スターリンを食べたんだよ！」

「え？　なにをしたって？」

僕は微笑み、訊き返した。

「スターリンを食べたんだよ！」

相変わらず大真面目に、男の子は答える。

「へえ、どうやって」

「ぼく、頭を食べたんだけど、おいしくなかった。スポンジばっかり！」

「ぼくは足、食べた、チョコレートだった！」

「ぼくは、肩と胸の勲章！」

「うーん、どういうことなの？」

「今日、リューダの誕生日でね、それでリューダのお父さんが、スターリンの形のケーキを持ってきてくれたの。かんおけに入っててお花が飾ってあって、チョコレート味で……」

「へえ、人の大きさくらいあったの？」

「うん！」

「えー、ちがうよ！」

子供たちは言い合いを始める。

「そうだよ！」

「ちがうってば！　先生が言ってたもん、先生はモスクワのレーニン廟《びょう》でほんものを見たことがあるんだよ、それで、大きさはどっちかっていうとレーニンね、って。レーニンはちっちゃいって……」

「そうかあ。でも、ケーキがおいしかったならよかったね」

「ううん、きのこ形のお菓子がのってるキエフ・ケーキのほうがおいしいよ！」

僕は微笑み、吸い殻を捨て、コーヒーの最後のひとくちを飲みほすと、男の子の頭を撫でた。

これぞ僕らが歴史について知っていなければならないすべてのことだ――数十年にわたり自国に暮らす数多《あまた》の国民を恐怖に陥れ続けていた独裁者は、ある秋の日に必ずや、サラダやケーキに姿を変える。

肌寒く感じて、僕は部屋に戻ることにした。階段をあがったところでばあさんに出くわし、ぎょっとする。

(クソ、ついてないぜ)と、僕は思う。

「おはようさん、サーシャ!」

「あ、ちゃんと覚えてるんですね……」

「赤い十印のおかげだね」

「あの、昨日のことなんですが、謝ろうと思ってたんです。すみませんでした。ひどく感情的になってしまって……」

「いやいや謝らなくていい。わかるよ。いろいろ訊いたあたしが悪かった。あんたが言う通り、あたしはつい他人のことに首をつっこむ癖があってね。でもね、最近は人の苦しみもなんだかどうでもよくなってしまった――たいていはありふれたことのような気がしてしまう。あたしは、幸せな人間というものを見たことがない。そんな人はいないような気さえするんだ。でも悲しいことに苦しみは、ちょっとやそっとじゃ驚かないくらいたくさん目にしてきた。だから許しておくれ、サーシャ」

「ええ……僕のほうこそ、すみませんでした……」

僕はそのまま立ち去り玄関をあけようとするが、背後から再びばあさんの声が響く。

「それでね……でもやっぱり……ひとつだけ気になったんだが。ひょっとして、単に言い間違えただけかもしれないが、これはちょっと面白い気がしてねえ。あんた昨日、奥さんは六ヶ月前にあんたのもとを去ったって言ったね」

「まあ、そうとも言えるかもしれませんが……」

「それなのに、娘さんはいくつだって？」

「三……」

「三ヶ月か」

「クソッ……はい、そうですが」

「やっぱり！　どういうわけか三ヶ月だっていう気がしたんだよ、あんたは確か、そんな話はしてなかったけど……」

「お話ししましたが……」

「話した？　そうか……。頭がからっぽなもんで抜けてっちゃったね。でもいや、それを見事に今朝、思い出したんだ。思い出してふと、実に不思議な話だと思ってねえ——ママは半年前からいないのに、赤ちゃんはまだ三ヶ月……。そんな奇妙な話があるかしら、ってね……」

（この老いぼれ狸《たぬき》め！）と、僕は考えた。（謝ったかと思うか思わないかのうちに、もう余計なことに首をつっこんできやがる。踊り場に突っ立って身の上話をするなんて、まっぴらだ……）

「タチヤーナさん、そのうち必ずお話ししますから、また今度にしてください……今日はやめましょう。引越し屋を待たせてあるので」

十

その日の夜、僕は母さんの家に行った。僕たちは客間にいて、母さんは娘のリーザをあやし、継父はテレビに釘付《くぎづ》けになってロシアのニュースを見ている。

「おい、聞いたかこれ！　一五年前には全世界に認められてたってのに、いまじゃこのありさまだ。いまじゃ、なんちゅう機に乗ってるんだ。じきに航空艦隊も丸つぶれだ。俺たちも、第三世界の二流国民に成り下がったもんだなあ！」

「まったくね！」

母さんは意識を孫に向けたまま、冗談ぽく返す。

「母さん、昨日さ、となりの人と話したんだけど……」

「ああ、例のおばあさん？」

「うん」

「で、どうだったの」

「いろいろと面白い話をしてくれたよ」

「そういえば不動産屋さんの話だと、そのおばあさん、何年も収容所にいたんですって」

「ほんと？」

「ふん、収容所か。そりゃきっと万引きでもしてぶち込まれたな！」

と、継父が刺々《とげとげ》しく口を挟んだ。

「あなた、テレビでも見ててちょうだい……」

「母さん、それで不動産屋はなんて？」

「特になんてこともないけど、おとなりさんはいい人で、収容所にいたって。だから悩んでないで早くこの物件に決めちゃいなさい、って――いまどき、こんなにきちんとしたおとなりさんは、なかなか見つからないわよって」

「きちんとしたおとなりさんだと！　そいじゃなんだ、収容所に入ってたといえば、きちんとした人と決まってるみたいじゃないか。どうしてきちんとしてるってわかるんだ？　ひょっとして殺人犯かもしれないぞ」

「いや、モスクワの外務省で働いてたし……」

「ふん、立派な人間が外務省で働くもんかね！　外務省なんてスパイばっかりじゃないか。一生コソコソしやがってたと思ったら、今度はアメ公どもと結託して、子供らをアメリカに留学させやがる、それでいて自分たちは……」


僕は口を閉ざした。母さんを見つめ、どうしてこんなカス野郎に嫁ぎにミンスクへきたのか、と考える。父さんだってそりゃあたいした人じゃなかったけど、こいつはまったくのクズだ。綺麗《きれい》でユーモアのセンスもある母さんが、こいつのどこを気に入ったんだろう。継父はなおも続けていた――

「なにもかも、かっぱらって行きやがった！　ベラルーシにとっつぁん《バーチカ》（ルカシエンコ）が現れてよかったよ、とっつぁんがすぐに秩序を取り戻してくれる。ロシアにも、スターリンがいればよかったんだがな！　そしたらやつらをみんな銃殺して、トントン拍子に解決するのになあ！」

「スターリンなら食べちゃったよ」

「は？」

「スターリンは食べられちゃったって言ったんだよ。おいしくないってさ」

「サーシャ、あなたなんの話してるの？」

「いや、なんでもない。そうだグリーシャおじさん、ずっと訊きたかったんだけど、パイロットって操縦中にお酒を飲むの？」

「そりゃあ飲むさ！」

「でもどうやって？　搭乗前に検査があるんじゃないの？」

「搭乗前にはあるけど、離陸後や着陸後に検査はない。客室乗務員が持ってきてくれるんだよ。なんだ、どうやってお母さんと知り合ったか聞きたいのか」

「いや、いいよ……。ああそうだ母さん、今日はこのあと帰るつもりなんだ。新居にも慣れなきゃいけないし」

「まあ、そうしたいならそうしなさい。そういえば仕事は決まったの？」

「うん、一応そういう話はもらってる」

母さんと娘にキスをして外へ出る。夜のミンスクはもうさほど怖くはない。静かなのがいい。車は姿を消し、人通りもなくなる。帰りながら僕はウォークマンのスイッチを入れ、リストのハンガリー狂詩曲をかけた。ばあさんの話を思い出し、人間の命は高価になることなどないのだと考える。命はあらゆるもののなかでいちばん安価だ。その編曲は変わっても、旋律は変わらない。血は相変わらず流れ続ける、人間とはそういうものだから。「血は永遠に流れ続ける、もし人体を流れる血が突然止まったら、人は死んでしまうから」──そう言ったのは、親友のパーシャだったな。

僕は地下鉄に乗り、乗客や広告を見回した。色鮮やかな宣伝が、ゲーム機本体やサッカーのシミュレーションゲームを買えと熱心に勧めてくる。（いまいち冴えないソフトだな）と、僕は思う。（どうして開発者はいまだに、遊ぶ側が審判になれるソフトを開発しないんだろう。一人で遊んだり、何人かの友達と遊んだりするゲームはあるし、なんならビールでも飲みながら、オートモードでコンピューター同士が戦ってる試合を観戦できるやつもあるのに、レフェリーとなると……まさかスポーツゲームの開発者はまだわかってないんだろうか。審判ってのが、いちばん夢中になれる、それと同時にいちばん難しいモードだって……）

なにもかも相変わらずだ。家に着くと、また階段の踊り場でばあさんに出くわした。ジャケットの雨粒をはたきながらふと、ばあさんが僕を誰だかわかっていないことに気づく。

「一日じゅうそこにいるんですか」

「アレクサンドルです、となりに引っ越してきました」

「おや、誰だい？」

「そうかい。よろしく。あたしはタチヤーナ・アレクセーヴナ。あんたの玄関のドアに赤い十印を描いたのはあたしだよ。アルツハイマーでね、いまのところ忘れるのは最近のことだけだけど、じきに昔のこともみんな忘れちまう」

「お気の毒です」と、なぜだか僕はまた繰り返す。

「いいんだよ。あたしの最期といえばもう、こうなるしかないんだから」

ばあさんは間を置いたが、僕はもう「どうして」とは訊かない。

「それであんた、この先ここに住むんだね」

「はい」

「ひとりか」

「娘がいます」

「仕事は」

「サッカーの審判です」

「へえ！　そりゃあ面白そうな仕事だねえ。うちの夫はサッカーが大好きだったよ。あやうくスパルタークのサポーターになりそうだったくらいさ。難しいかね？」

「スパルタークのサポーターになることが、ですか？」

「いやいや、審判をやるのは難しいかって訊いたんだよ。人を裁くのは難しいかい」

「そうですね、難しいときもあります」

「プレッシャーがかかるだろうね」

「ええ、それもあります」

僕は階段の手すりに肘をもたれ、ため息をつきながら答えた。

「で、どうやったら克服できるようになるんだい」

「あの、それほんとに知りたいんですか?」

「そりゃあ、知りたくなきゃ訊かないよ」

「どうって……審判になるって決めたら、まずルールの書かれた冊子を渡されて、審判がいかに責任の重い仕事か、説明を受けるんです。プレーをしないのに試合の流れを左右する存在だ、って。それでまあしばらくはごく一般的な知識を教わって、それからある日突然、単純な真実をつきつけられるんです——『ビビったか? ビビっても自信を持て!』って」

「へえ、確かにいい言葉じゃないか……。ただ現実にはそれを身につけてるのは審判じゃなく、お偉がたばっかりなのが難だね」

「それはほんとうにそうだと思います。でもまあ、今日はもう遅いですから。おやすみなさい、タチヤーナさん」

「おやすみ、サーシャ」

「あ、そういえば僕、食材をいろいろ買ったんです。牛乳とかパンとか砂糖とか。もし必要な物があれば……」

「ありがとう。でも砂糖はいらないよ、美容のためにダイエットしてるんだ」

「じゃあほかの物は……」

「ほかの物はなんでも自分で買える。あたしはまだ、たったの九一歳だ」

「九一歳、スーパーの場所も忘れちゃったよ、いっさいがっさい、なんて」

「こら若造、からかうんじゃないよ」

「はいはいもうしません。でも、もしなにかあったら言ってください、いつでも力になりますから」

「そうかい？」

「ええ」

「じゃあほんとうに、ちょっとお願いしようかね。聞いてくれるんだろう？」

（ひえっ、きたぞ……）と僕は思う。

「うちに寄っていきなさい」

「はいはい、ぜひとも……」


そうして再び部屋に通された僕は、昨日の失敗を繰り返すまいと心に決めた。タチヤーナばあさんは部屋の奥へと進んでいくが、僕は廊下で立ち止まる。数分後、ばあさんは一枚の紙を持って戻ってきた。

「なんですか、これ」

「墓碑銘さ。あたしのお墓にこの言葉を刻んでくれないか。お墓を作ってくれる人が見つからないんだよ。ヤドヴィガに頼もうと思ってたけど、最近はヤドヴィガも体を悪くしてね」

畳まれていた紙をひらき、そこに書いてあった短い文を読んで僕は微笑み、必ずやります、と約束した。

「じゃあ、お願いしていいんだね」

「ええ、安心してください」

「それであんた、誰と一緒にここに住むんだ」

「一人です」

と、僕は答える。

「一人？　奥さんは？　あんた美男子じゃないか。どういうわけかあたしは絶対に、あんたには奥さんがいるような、そんな気がしたんだけど」

「クソッ……タチヤーナさん、あのですね、もうやめましょう」

「おや、なにか悪いことを訊いたか？　それで、奥さんはいるのか、いないのか、どっちだ」

「ええ……いました」

「さては、消えたんだね？」

「クソッ……ええ！」

「おやまあ、そんなにカッカするもんじゃないよサーシャ。そんなにクソクソばっかり言って。

それで、出会いのきっかけは？」

「どうだっていいでしょう！」

「ぜーんぜんどうだってよくない。人と人が出会う瞬間ってのは素晴らしいもんだよ。不幸はいつだって、そのあとに訪れる……」

「ありふれた出会いですよ……」

「『ありふれた』って、どんな」

「飲み会です、ごく普通の」

「ミンスクの？」

「いえ、エカテリンブルグです」

「そうかい、それでそれで？」

「話したくありません……」

「あたしは聞きたいね！」

「タチヤーナさん、だから言ってるじゃないですか、ごく普通に出会っただけです。そろそろおいとましてよろしいでしょうか」

「ばあちゃんがこんなに頼んでるのに、いうことを聞けないってのか。まず話してごらん、話してから、どこへなりとも行けばいいじゃないか」

僕は深くため息をつき、食材の入った買い物袋を床に置いて、ドアに寄りかかって話しはじめた――

「もともと行くつもりじゃなかったけど、友達に誘われたんです。ハイクラスの女の子たちがくるって……」

「で、そのなかでもとびっきり最高なのが彼女だったと」

「ええ。実はちょっと普通の飲み会とは違って、地元の有名人が集まっていました。アルゼンチンの、対ジャマイカ戦の勝利をうたった歌手や、『トラクターで事故死したり、拳銃自殺したり、入水《じゅすい》自殺する前に』という詩を書いた詩人もいて。それまで曲を聴いたときはぜんぜん好きじゃないと思っていた作曲家が、実際に会ってみるとすごくいい人だったり、逆に才能ある詩人だと思っていた人が、感じの悪い人だったりもしました。詩はとてもいい詩だと思ったんですが、振る舞いはおかしな人でした」

「詩人ていうのは、そういうものさ」

「いや、おかしいというよりチンピラというか……まあいいや。正直、あんまり居心地が良くなかったんです。なんていうか、田舎の社交界に、それこそモロトフ・カクテル（火炎瓶）を足したような……。僕も多少は話に入ろうとしてみたものの、もう帰ろうかと思って支度をしていたとき、突然彼女が話しかけてきたんです――」

『もう帰るんですか？』

『ええ、明日もトレーニングがあるんで』

『スポーツ選手？』

『いえ、審判です』

『そうなんだ。じゃあ、ルールを守るのがいかに大事か、知ってるんじゃない』

『だから？』

『だから、試合中に抜け出して、先に帰っちゃダメですよ』

『そもそも、くるべきじゃなかったんです。直前になって急に友達に呼ばれただけで』

『ってことは、将来あなたと結婚するときは、お友達に感謝しなきゃね』


（こりゃすごいや）僕は思った。（とんでもなく魅力的な女の子が、出会って一分もしないうちに、恋の駆け引きを持ちかけてくるなんて）

『あの、僕たちまだ知り合ってもない気がするんですが……』

僕は戸惑いながら答えた。

『最初に結婚した人は、小学校一年生のときから知ってたけど、結婚はうまくいかなかったの。だからもう、同じ過ちはしたくない』

『どうして僕と結婚しようと思ったんですか』

『いいじゃない。あなたは控えめで感じもいいし、それにさっきの話からすると、出張も多いでしょ』

『ああ、浮気するつもりなんですか』

『ううん、絶対しない。ちょっと下手な冗談だったわね』

『二人で抜け出そうか』

『よかった、そう言ってくれないんじゃないかって心配になってたところ』

そうして二人は出会った。ありふれた街歩き。彼は戸惑い、彼女は大胆。僕は冗談をひねり出し、ラナは確か笑ってくれた気がする。いい夜だった。映画だったら長いワンシーンになりそうな数時間。コントラバスとブラシ奏法のドラムが響く、清らかな喜びの曲が流れる。僕は歩みを早めてラナの前に回り込んではサッカーの話をし、ラナは笑う。小径《こみち》を行き手をつなぐ。脱いだジャケットのハンガーループを人差し指にひっかけて。次の日の夜、ラナは僕の家に越してきた。

「そのラナってのは、スヴェトラーナをつづめた呼びかたかい」

「いいえ、そういうスラヴの名前があるんです」

「意味は？」

「大地です」

「で、ラナは美人さんだったのか」

「ええ、とても。ラナと初めて夜を過ごした次の日、仕事場に向かいながら思ったんです――ラナはまるで最後の希望みたいだ。もし僕が死刑判決を受けて、最後にひとつだけ願いを叶えてもらえるなら、もう一度ラナを見たい。僕は目を閉じて微笑み、わかったんです――もう、怖いものなんてない。僕を脅かすものはなにもない。不死身みたいだ、ラナがいてくれるなら。

信じられないくらい幸せだった。最初にラナが僕にキスをしたとき、僕はなにかの間違いだと思った。あきらかなオフサイド。僕は八万人の観衆が見守るなかでオフサイドをとられたはずなのに、副審はなぜか旗を上げない。とにかく、途方もなく嬉しかったんです……」

「で、それから?」

「それからは幸せでした、お互いに。なにを話しても幻滅なんかしなかった。喋って、頷いて、笑って、楽しかった。ラナは二〇〇〇年の一一月、二人でパリへ旅行したときに妊娠しました。あまりにもできすぎて、しょうもない話です」

「で?」

「で、ってなんですか」

「いや、あんたが、奥さんは消えたって言ったからね」

「それはタチヤーナさんが言ったんです」

「ああそうかい。じゃあもう一度訊くけど、奥さんはどうなったんだ?」


僕は口をつぐんだ。履いている靴がひどく汚れている。まったく、僕もバカだな、秋にスウェードの靴を買うなんて。一週間も経ってないのに、数年かけて履き潰したみたいに見える。しかも寒いし……ミンスクの秋はもっと暖かいと思ってたんだけど……。

(厚手の靴下を履くしかないか)と、僕は考える。

「サーシャ!」

「はい？」

「奥さんはどうしたのか、って訊いたんだけどね」

「だから、妊娠したって言ったじゃないですか」

「それが話の結末か」

「半分です。その嬉しいできごとと同時に、最初の痛みがきました。ラナは診察を受け、癌《がん》を宣告されました。ラナと出会った飲み会に僕を誘ってくれた友人は医者だったんですが、僕たちは診察室でその友人からレントゲンを見せてもらいました。友人は冷静に言いました——手の施しようがない、恋愛みたいなものだ、って。いまになって思うと、あのとき僕は、診断に驚くよりもはるかに、あまりにも落ち着いた友人の様子に驚いていたんです」


『余命は、どのくらいなの』

ラナが訊いた。

『難しいね。奇跡的に延びた例はいくつも見てきたけど、それでも俺の見立てだと、おそらく三ヶ月以上は持たない』

『三ヶ月？』

『あるいは……そうだな、持って四ヶ月。腫瘍は摘出できない。つまりなにも打つ手がないんだよ。わかりやすく言うと、癌細胞はこのままラナの脳を食い尽くしてしまう。唯一言えるのは、鎮痛剤を多めに用意しておいたほうがいいってことくらいだ。さいわいエカテリンブルグならその点は心配ない』

『ああ、それは僕たちでどうにかするよ。それで、あと五、六ヶ月だって？』

『三、四ヶ月だ』

『そうよサーシャ、三、四ヶ月って言ってたでしょう』

『ラナ、いま妊娠してどのくらいだ？』

『二週間くらい……』

『まずはこの病院で中絶の手術をして……』

『やだ！』

『やだって、どういうことだ』

『堕《お》ろしたくない……』

『あのね、これは選べるような問題じゃないんだよ。じゃあ別のところから話そうか。ぜんぶひっくり返して、まずは中絶をしなくちゃいけないってところから始めよう。なぜかっていうと、妊娠によって病状悪化の危険も死の危険も高まるからだ。でもこういう言いかたをすると、絶望的な診断だと思うだろう。僕は患者に、ましてや親しい友達に対してこういう話しかたはしたくなかった。でもラナの場合、チャンスは逃してしまった。正確には、いかなるチャンスもなかったんだ』


僕とラナは病院の近くにあったベンチに腰を下ろした。僕はラナの手を握り、どうしてこんな不幸が僕たちを狙い撃ちにしてきたのかと考える。胸が痛み、喉元になにかがこみあげる。僕は泣かないように、舌で頬の内側をなぞっていた。

『がんばってみたほうが、いいと思うの……』

ラナは静かに言った。

『そうだよな！　きっと良くなるよ』

『違うの、そうじゃなくて。だって、望みがないのはわかりきってる……。私が言ってるのは、そうじゃなく――赤ちゃんを、産める気がするの……』

『うん、でも……』

『でも、なんなの』

『抗癌剤とか、ほかにもこれから投与される薬は……。だって妊娠中は、普通なら薬は極力飲んじゃいけないだろう。それなのに、ラナはこれから大量の薬を摂取しなきゃいけなくなるんだよ』

『私、薬なんかいらない。神様が生きさせてくれるだけのあいだ、生きることにする』

『まずは病気を治して、それからもう一度、子供を作ればいいじゃないか』

『治らないから言ってるの。あと一〇〇年もすれば、一〇〇年後の人たちは私たちを笑うかもしれないし、かわいそうだと思うかもしれない。私は、きっといつかは癌も簡単に治る病気になるって信じてるけど、でもいまはそうじゃないの。だからもう治るって話はしないで。マクシムの話、聞いてたでしょ。二度目の妊娠も、闘病も、ありえない。あなたが一〇〇メートルを七秒で走れないのと同じで、私は死を免れられない。だからママになるチャンスくらいはちょうだい。いままでずっとそれを夢みて生きてきたんだから。ね、お願い、見捨てないで……』

ラナに手を握られ、僕は言葉をなくした。僕の人生経験は、大学と審判の養成コースで完結していた。こんな状況は想像したこともない。正解のない問題。ベンチのペンキを人差し指でペリペリと剝がしながら、唾を飲み込んだ。ラナは自分のおなかを撫でていた。僕は目を伏せて、アスファルトのひび割れを眺めた。

次の日の朝、僕たちは婚姻届の申請をしに戸籍課へ行った。申請書を提出してすぐまた病院へ向かう。ラナは頑として、なにがあっても赤ちゃんを産みたいと宣言した。マクシムは平静を保とうとしながら答えた。

『そんなに言うなら任せるよ、だけどもう一度だけ言うけど、間に合わない。一人死ぬはずだったのが、二人死ぬことになる。こんなこと言いたくはないけど、君たちが思っているよりもずっと早く、終わりがくる……』

『いつだって、すべては予想よりずっと早く終わるものよ』

ラナは引き下がらなかった。これが自分の最終的な決断だ、と言って。

『もしあなたができないっていうなら、ほかの病院に行くから！』

『こっちとしても治せる見込みのある病院があるなら喜んで紹介状を書くよ。でも今回のケースはそうじゃない』

『じゃあ外国ならどう？　イギリスとかスイスとか』

『いや、無理だ』

『だって外国なら少しは余命を延ばせるかもしれないでしょ、半年くらいでいいんだから』

『あのね、誰にも、なにもできないんだよ……』

『じゃあどうしたらいい？　ここに入院して死ねばいいの？　でも、私は自分の命を救ってくれって言ってるんじゃないのよ』

『まず中絶の手術をしよう、そのあとは、ラナの痛みを抑えるためにあらゆる手を尽くす』

『痛みってなによ、肉体的な痛み？』


　ラナは聞かなかった。一ヶ月後に婚姻届が受理されて、僕たちは結婚した（ロシアでは婚姻の申請書提出から受理まで約一ヶ月かかる）。白いドレスも招待客もなしの、ごく質素な結婚。（これはきっと、できちゃった婚ね）と、目の肥えた戸籍課の人は思っただろう（正式な届の提出は結婚式の一環として華やかに祝われる場合が多い）。まあ、それも事実ではある。僕の車を売って、そのお金で必要な薬をそろえることができた。マクシムは精一杯のことをしてくれた。よく知られているように、医者は末期患者には時間を割こうとしない。力を注ぐとしたら医者の興味をひくような病人だけだ。ラナはそうじゃなかった。なにもかも明白だった。しかも病状は手の施しようがないほどに進行していた。結末も自明だ。勝率、一〇億分の一。それでもマクシムは同僚たちに、ラナは静かに最期を迎えるべき人間だと説得してくれた。

『ほんとに彼女は、とてもいい人なんです』

いい人だから静かな最期を迎えるべき、か……。ともかく、おかげで個室をもらえた。狭いけれども僕たちだけの部屋。マクシムから許可をもらって僕は模様替えをした。窓にはブラインドを吊るし、家から本を大量に持ち込んだ。ラナは立派だった。病室に入るといつもラナは朗らかに僕を迎えた。嘆きもしなければ落ち込みもしなかった。僕たちは当然、重い話もたくさんしたけれど、そういうときでさえラナには冗談を言う余裕があった。

『あのさ、今日ソルジェニーツィンを読んでたら、癌は人間が大好きで、もし癌が誰かを愛したら絶対に離さない、って書いてあったの。つまり、私は癌と恋愛してるのよ。これからあなたに娘を産んであげようっていうのに、実は浮気してるってことになるじゃない。ねえ、でも、許してくれるよね？』

『ああ、そいつは傑作だね』

いまだからわかるけど、僕は言うべき言葉をうまく見つけられないことがよくあった。毎晩ラナが眠ったあと、僕は飲み屋や知人の集まりに出かけた。ラナと出会った日にもいた詩人が、詩を朗読していた——

僕と　一緒にいてほしい
真夜中の　星が輝き
外にいても　家にいても
素晴らしく　心地いいとき

理由など　ないけれど
ただ　どうしても
僕が辛《つら》いときは　そっと
放っておいてくれ

天空が　がらんどうになり
森が　黒々としてもいい
寝る前に　目を閉じるのが
耐えがたく　怖くてもいい

死の天使が　映画さながら
ワインに　毒を盛り
私の命を　シャッフルし
クラブのカードを　ボードに投げてもいい

君は　少し離れたままでいて
窓の外の　上溝桜《うわみずざくら》の花よりも白く
届かずとも　笑って

集まった人々がまばらな拍手を送るなか、僕はマクシムに、ラナにどう接したらいいのだろうと相談した。マクシムは僕をなだめ、こういう場合になにを言ったらいいのかなんて医者にさえわからないんだ、と話した。

『ただうんうん頷いて、黙っていればいい。それなら、そんなに難しくないだろ』

翌朝僕が病室に入ると、ラナは出窓に腰掛けていた。おなかを撫でながら和やかに娘に話しかけている。

『心配しないでね、パパが迎えにきてくれるから……あ、ちょうどいいところにきた！　ほら、うちのパパ、かっこいいでしょ』

ラナの「パパが迎えにきてくれる」という言葉は、あまりにも穏やかで信頼に満ちていて、僕までそんな気持ちになった。僕は濡《ぬ》れた目元をこすり、ラナに近づいた。

『ばかね。ここで泣けばいいのに。〝男の子は泣いちゃダメ〟っていう育てかたがなくなれば、この世はいまよりずっと調和のとれた優しい世界になると思うんだけど。あ、この世っていえば……待ち合わせ場所を決めなきゃ――私、どこかで待つことになるでしょ』

『うーん……たぶん天国ではあんまり、迷子にはならないんじゃない？』

『ダメ、そんなの。ちゃんと具体的に場所を決めておかなきゃ！』

『知ってるだろ、待ち合わせ場所選びにかけては、僕はあんまり頼りにならないって……』

『じゃあ火星は？　どう？』

『うん、いいアイディアだね。いいと思うよ』

『それから名前も考えなきゃ……。二人で一緒に考えたほうがいいかな、それともあなたが、あとで一人で考える？』

『僕は、ラナが考えた名前がいいな』

『じゃあねえ、ナージャは？　ナジェージダ（希望）でどう？』

『からかってるのか？　そういう冗談やめろよ』

『まあまあ、なぁにそんな真面目になってんの。あ、ひょっとして奥さんが死にそうとか？』

『ラナ、いいかげんにしてくれ！』

『わかってるって。でもさ、名前どうしようね』

『じゃあ、ラナってつけるか？』

『私と同じ？　ダメ。それだけはやめて。新しい人間が生まれるのよ、これまでいた人間の続きなんかじゃなく。ねえ、約束して――あなたは強くなって、それを最初の一日目からちゃんと理解したうえで生きていくって……』

『約束するよ……』

『それならいいの。さて、それじゃあ出てって。ちょっと一人にならなきゃいけないから』

『もう？』

『うん』

痛みがきたときは、僕は当直の看護師を呼びに行き、そのまま数時間は病室に戻らないことにしていた。ラナが、苦しむ姿を見られたくないと言うから。

僕たちはひと冬をずっと病室で過ごした。春になると僕は審判の仕事をたくさん引き受けた。この土地の季節柄、屋内の試合やフットサルが多かった。アマチュアサッカー、社会人チームや少年チームのトーナメント戦。金を稼ぐ必要もあった。そんなある試合の最中、ハーフタイムにマクシムから電話があり、ラナの死が告げられた。妊娠五ヶ月……マクシムは哀悼の意を伝え、すべては予定通りに済んだと言った。

『試合終了まで審判やってからでいいか？』

『ああ、大丈夫だ。落ち着いてレッドカードでも配って、試合が終わったらきてくれ』

レッドカード。退場。

その日の試合は、地元のラジオ局が主催するアマチュアのトーナメントだった。僕が担当したのは、どこかの神学校の学生チーム対警察官チームの試合だ。法秩序の担い手である警察は、この国のしきたり通り自分たちは裁かれないという感覚に従って、ひっきりなしに荒っぽいプレーをし、肘打ちを繰り返した。神学生たちは初めのうちこそ耐えていたものの、後半戦が始まると反則の応酬を始めた。ある瞬間に僕はふと考え込み、試合の流れを見失ってしまった。

それを待っていたかのように、フィールドでは乱闘が始まった。

選手は常に間違う権利がある。ずれたパスを送ったり、ゴールを外したり、敵にパスを送ってしまったり。審判にその権利はない。レフェリーは常に激戦のさなかにいることを理解しておかなきゃならない。フィールドに出れば、二二人の敵が待ち受けている。そして一人で彼らに立ち向かう。課題はひとつ――どちらが勝つかだ。ルールに沿って戦わせるか、それとも、自分がやられてしまうか。選手たちは民衆のようなものだ。血なまぐさい気配を感じ取られるやいなや、こちらが負けてしまう。

審判にとっていちばん大事なのは、罰則を選ぶ基準だ。あいにくシビアな判断を下せるようになるのは、かなり経験を積んでからだが……。選手たちにはっきりと境界線を知らせなきゃいけない――どこまでが許され、どこからファウルをとられるのか。僕はそれを公正さの感覚と呼んでいる。そう、なにもかも独裁者や神様と同じだ。選手たちは僕の判断のひとつひとつを、とてつもなく恐れている。彼らは僕を、その判断を下す権利がある人間とみなしている。チームのなかで責任感のある人間を見つけだし、その選手を介してほかの選手に、フィールド上でなにが起こっているのかを知らせなきゃいけない。絶え間なく進んでいく試合のなかで、常にルールを厳守させていられるとは限らない――それよりずっと大事なのは、いかにルールを適用するかだ。実際、もしも審判が馬鹿正直にルールだけに沿って動いていたら、すぐに試合の流れがわからなくなってしまう。でもあの日、僕はそうなってしまった。ラナの死に気をとられていた僕は試合の流れがわからなくなり、ただ機械的にルールをなぞっていた。そうして乱闘が始まったとき、僕はとにかく試合を中止させ、選手たちにカードを配り、記録をまとめ、シャワー室に向かった。

見た目はまるで変わらなかった。ラナは死んでいないみたいだった。体につながれた医療機器は動いていて、脈もあるのが確認できた。ラナは死んだのに、心臓は動いている……。

僕のあとについてマクシムが入ってきて、しばらくはただ背後に立っていたが、それから僕の腕をとり、病室から連れ出した。僕らは向き合って座った。廊下はしんと静まり返り、つい先ほど死んだばかりの妻の心臓の鼓動が聞こえるほどだ。マクシムは右手をハンカチのように使って目元を拭き、落ち着いた声で言った。

『これから、ここ数週間ずっと話してきた通りの処置がなされる。ラナは亡くなった。事実上、ラナは死んだのと同じだ。脳が死に、動きを止めた。もう動かない。ラナという人格はもう、いなくなった。だからおまえはこれから起こることに動揺しちゃいけない。ラナはもう二度と帰ってこない。ただ普通と違うのは、葬儀をおこなうのが明日じゃなく数ヶ月後になるということだけだ。わかるな？』

『ああ』

僕は静かに答えた。

『よし。じゃあ、その件はいいな。次におなかの赤ちゃんのことだ。胎児は順調に育っている。

こうなる確信はなかったが、さいわいラナの心臓は動き続けているから、踏みきろうと決めた。赤ちゃんを助けられるかもしれない。すべてはすでに説明した通りだ。これから数ヶ月のあいだ、ラナの生命活動を維持させる。心臓や腎臓の機能をサポートし、ラナの身体《からだ》のあらゆる状態を管理し続ける。もう一度言うが、これは人工的な延命措置だ――人工呼吸器をとりつけ、かなり強い循環作動薬を使う。看護師は二四時間体制で胎児の健康状態を管理し、胎児の状態が整い次第、帝王切開がおこなわれる』

『つまり、二、三ヶ月後？』

『ああ、可能になり次第だ』

『赤ちゃんはどう感じてるんだろう、ママが死んだってわかるんだろうか』

『それは難しい質問だな。うちじゃこんなことは前例がないんだ』

『でも、ラナは腐ったりはしないんだよな？』

『しないよ』マクシムはわずかに微笑んだが、むろん状況を笑ったのではなく、僕が素人臭い質問をしたからだ。『ばかだな、何度も説明したじゃないか。死んだのは脳だけだ。身体の機能はすべて人工的に維持させるから、もしこういう言いかたが許されるなら、ラナは眠っているみたいに見えるはずだ。きっと、おまえが見舞いにきたら見惚《みと》れるくらいだと思うよ』

「ちょっと待ってくれ、サーシャ、よくわからないんだが……。つまり、奥さんは亡くなったのに、医者はおなかの赤ちゃんを育てようって決めたんだね？」

「ええ。マクシムは、ラナは二月末か三月半ばには死ぬと思ってたんです。でも四月になって、予想に反してラナがまだ生きているってなったときに初めて、赤ちゃんの命を救えるかもしれないってわかった。死の数週間前にマクシムが病室にきて、胎児がここまで育ったからって、その提案をした。まったく約束はできないけど、試してみることはできる。癌が侵食しているのは脳細胞だけだから、脳が死んだあともほかのすべての臓器は動かし続けられる可能性が極めて高い、って」

「それで、ラナは同意したのか」

「ええ、幸せそうでした。僕たちにとっては、願ってもないことだったから。そのころには、もはやラナが妊娠七ヶ月まで持たないのは僕らの目にもあきらかで、あとは医者に望みを託すしかなかった」

「なんてこと……」

「夜、僕は家に帰ると、テレビのディスカバリーチャンネルでやっていた、宇宙探索の歴史を紹介する記録映像番組を見ました。有名な俳優が、新たな十字軍の準備と火星への探索飛行を語っていました。気が紛れたし、惹かれるものがあった。僕は次の朝すぐ病室に戻ってラナの傍に座り、医療機器の伴奏に合わせて、娘に、火星に行けるようになる可能性は結構あるんだって話した。火星の一日は二四時間と三七分三五・二四四秒で、地球にかなり近い。医療機器が相変わらずピッピッと音をたてるなかで、僕は話し続けた——火星にも地球と同じで四季があって、赤道付近は二〇℃にもなる。空気もあるし、水もある。つまり、どうやら生きていけそうな環境なんだよ、と。

病院の中庭に出た僕は空を見上げて、飛んでいく飛行機を見ながら空想した――もしかしたらあと二〇年もすれば、娘が火星探索に行くかもしれない。四半世紀後には、現在は手の打ちようのない問題もついに解決されて、薬理学者はなにかほかの新しい仕事をするようになり、力を消耗しきった癌は鼻炎のように簡単に直せるようになり、うちの娘は人類初の火星探索隊を率いて、ママを見つけるかもしれない。

なぜって？　だってラナと、数週間前にそう約束したから――」


「つらい時期だったね」

「楽ではありませんでした。夢を見ているようでもあった。ラナが死んだ噂が街に広まると、余計たいへんになった。毎日のようにいろんな人に、なにが起きたかを説明しなきゃいけなかったから。病院にはラナの友人やら親戚やらがきて、みんなラナにお別れを言いたがったけど、さいわいマクシムは彼らを待合室より先には通さなかった。取材したいっていう記者もきたし、おそらくはラナの旧友を装ってるだけの野次馬もいた。あるときなんか、ラナの前夫がきた。そいつはカーネーションの花を椅子の上に置いて、あたかも幼なじみでもあるかのように僕に抱きついた。猿芝居もいいとこだ。かつてラナに振られた男が、突然僕に自分の気持ちを吐露しはじめて、ラナのことを誰よりも深く愛していたと語る。あげくの果てにそのクズは、どうも心情的に、ラナのおなかの子はある意味いくらかは自分の子供のような気さえする、とかなんとか、ほざいていきやがった……。

次の日、父さんがきた。はじめの数分は関係のない話をして、それからようやく、唯一気になっていたらしいことを訊いた――

『どうするつもりだ？』

『なんのこと、父さん』

『なにもかも、よく考えてみないとな、サーシャ……』

『だから考えるって、なにを』

『だから、なにもかもだよ……』

『父さんは、おじいちゃんになりたくないの？』

『いや、俺はまあなりたいかもしれないけど、でも、おかしな状況になっちまったじゃないか……。世間にもいろいろ言われるし……』

『なにを言われるんだよ』

『良くないことだってね……』

『どこがどう良くないんだ』

『まあ、世間並みじゃないというか……』

『命を救うことが世間並みじゃないって？』

『いやいや、そうじゃなく……、いいから途中で口を挟まないで、最後まで聞いてくれ。ラナは死んだんだよ。神様に召されたんだから……つまりおなかの赤ちゃんも一緒に召されるはずだったのに、おまえたちはそれに逆らってることになる……』

『父さん、なにばかなこと言ってんだよ』

『ばかなことじゃない。じゃあはっきり言おう。これがおまえにとって……いや、俺たちみんなにとって、すごくつらいことなのはわかるよ。でもいかんものはいかん。誰でも知ってる通り、死後二時間もすれば人体には不可逆的な反応が起こり……』

『父さん、いつから医者になったんだよ』

『いや、医者になったつもりはないが、おまえらがやろうとしてるのがおかしなことだってのはわかる。考えてもみろ、その子はどうやって生きていけばいいんだ？　第一に、ママがいない。第二に、学校でみんなに事情を知られたら――おまえもよく知ってるだろ、いじめられるに決まってるじゃないか』

『いじめられないよ。それにもう引っ越すって決めてるんだ』

『どこに？』

『どこだっていいけど……』

『まあそれはいい……決めるのはもちろんおまえだ。ただ、よくよく考えたほうがいい。やっぱり、ラナは埋葬したほうがいいんじゃないか？』

『赤ん坊を生き埋めにしろっていうのか!?』

『まだ産まれてないんだから生き埋めじゃあないだろう』

『父さん、赤ちゃんはおなかのなかにいて、生きてるんだよ』

集英社 新刊案内 11

2021.11.10 ～ 2021.12.9 刊行

言葉って、さわれないのに、あたたかい。

ふゆイチ

冬の一冊

集英社文庫

タイトル・内容は一部変更になる場合があります。表示価格は消費税10%を含んだ定価です。

各書籍の末尾についている数字はISBNコードで、それぞれの頭には978-4-がつきます。

www.shueisha.co.jp

11月26日発売

チンギス紀 十二 不羈《ふき》

北方謙三

チンギスが滅ぼしたナイマン王国のグチュルクは西遼の帝位を簒奪《さんだつ》。さらにモンゴル軍の金国遠征の隙を衝く動きが。強き者たちに変事が生じる衝撃の第十二巻！

定価1,760円
08-771773-0

黄金の刻《とき》

小説 服部金太郎

楡《にれ》 周《しゅう》平《へい》

明治五年、洋品問屋で丁稚をしていた少年に思いもよらぬ運命のときが訪れる。震災など幾多の苦難を乗り越え、夢を叶えた「世界のセイコー」創業者の一代記。

定価2,200円
08-771772-3

『しかし、もし繋《つな》がれてる装置を外したらすぐに死ぬだろう』

『赤ちゃんを殺せってこと？』

『世間並みの行動をとれと言ってるんだよ。こうして議論しているあいだもラナはそこにいて、まだ埋葬されていない。こんなことをすれば、ラナの魂は休まりようがない。おまえは自分の悲しみで、ラナを囚われの身にしてしまっているんじゃないか？』

『父さんこそ、自分の無知に囚われてるじゃないか』

『喧嘩腰《けんかごし》だな。俺は冷静に話をしようと思ってきたのに。あのな、最初の一年はつらいだろうが、それも仕方あるまい、そういう十字架を背負う運命だったんだ』

『気持ちだけもらっとくよ、父さん』


　父さんに続いて、神父がきた。嫌な予感しかしなかったけど、ありがたいことに予感は外れた。神父は優しく穏やかな人だった。僕の気持ちを少しでも楽にしたくてきたらしく、驚いたことに、話のわかる相手だった。

『いまはね、アレクサンドル、みんないろんなことを言いにくるでしょう、ひょっとしたら、自分の妄言に聖書の一節を引っぱってくる輩《やから》もいるかもしれません。しかし、そういうのは気にしなくていいんです。そんなことよりお祈りをしなさい。私もあなたのために祈りましょう。あなたはなにも悪いことはしていません。それどころか新しい命を救おうとしている——それこそが大事であって、それ以上に大事なことなんてないんですからね』

『ありがとう、神父さん……』

『セルギイです』

『ありがとう、セルギイ神父さん。残念ながら、僕はあまり信仰心のない人間ですが』

『いいんですよそれは……いいんです。いずれにせよ私は、あなたのためにお祈りしますから。あなたは、とにかく負けないでください』


手術は成功した。リーザは一キロ少しの体重で生まれ、すぐに集中治療室に入れられた。『さて、あらためてまた待つことになるな』と、マクシムは僕の肩を叩いた。『なんにせよ、晴れて父親になったわけだ、おめでとう！』

娘は三〇日間、医療機器に繋がれて過ごし、そのあとさらに一ヶ月入院していた。この期間に僕はミンスクへの引越しの準備を始め、ラナの葬儀をすませた。不思議に思われるかもしれないけど、とてもいい葬儀だった。静かで落ち着いた式。わめいたり、泣き崩れたりする人もいない。いまはもうはっきりとは思い出せないけど、セルギイ神父は素朴でよくわかる言葉を述べてた……」

「サーシャ……」と、タチヤーナばあさんは囁いた。「ごめんなさいね。ばかなばあちゃんだよ。ほんとうに、人のことに首をつっこんで……」

「いいえ、いいんです……そんなことは……別に……」

僕たちは、廊下に座り込んでいた。なにも言わずに。僕と、タチヤーナばあさん。ぽつりとついた電球が瞬《またた》いている。しばらく二人でそうして黙っていたが、ふとばあさんが口をひらき、どんな風の吹き回しか、言った――

「あんたは強いね、サーシャ。どんなにつらかったか、想像を絶するものがある……」

「いえ、そんな……」

「いいや、そうだ。あたしはいろんなものを見てきた。いまのあんたの気持ちだってわかる……」

「ええ、そうかもしれませんね……よくは知らないけど……。ああそうだ、聞きたいことがあったんですが……」

「なんだ」

「その……どうして収容所に入れられることになったんですか」

「なんであたしが収容所にいたって知ってるんだ」

「前に話してくれましたよ」

「ほんとに？　ぜんぜん覚えてないねえ」

「名簿が送られてきた、一九四二年のことですか」

「あたしはあんたに、名簿の話もしたのか」

「ええ」

「いや、一九四二年には捕まらなかった。四二年は運良く、なにも起こらなかった。それまでと同じように生活できた——仕事に行きなさい、タータちゃん、仕事に。ぼさっとしてないで！」
タチヤーナは以前と同じように外務省に勤め、外務人民委員代理（副外相）ロゾフスキー（タチヤーナはこの男の筆跡が大嫌いだった）が、どこかの公使と会談をしたあとには、彼女の机にいつものように会談の「日誌」がどんと置かれた。タチヤーナは動揺を抑え、またひとつ、千いくつめかの内部文書のタイプ打ちにとりかかった——

スウェーデン大使アサルション（スウェーデンの外交官。一九四〇～四四年に在ソ連公使を務めた）との会談
一九四二年七月六日

アサルションはなにやら躊躇《ちゆうちよ》しているような、気乗りしない様子でこの話をした。彼のほうとしてもファシストは信用していないと述べたうえで、私とは、別の形でもっと全体的な話をしたいと言いだした。ローマ法王は、「在ドイツのソ連人捕虜および在ソ連のドイツ・イタリア人捕虜の状態を把握している関係者の情報をヴァチカンを介して伝えるようソ連政府に働きかけてほしい」とスウェーデン政府に要請したという。ローマ法王としては、ドイツ政府からは前向きな返答が見込めると確信しており、ソ連政府にも同様に前向きな返答を期待しているると述べた。さらにアサルションは、スウェーデン大使館としては、その仲介を喜んで引き受けるつもりだと言い、これは全人類的かつ人道的なことがらであるため、ソ連政府は同意すれ

ば非常に良い印象を与えることができるだろう、と付け加えた。

私はその要請を政府に知らせると約束し、ただ、私の個人的な見解からすると、おそらく賛同するわけにはいかないだろうと述べた。相手は普通の国家ではなく、ギャング化した殺人集団であり、そいつらは戦争捕虜であろうと老人や女子供であろうと、痛めつけ、拷問し、殺しているのだから。あの殺人集団はあらゆる国際法のルールを破っているくせに、自分たちの利益のためなら国際法を利用するつもりだろう。ソ連がこの要請に応じるとは考えづらい。たとえヴァチカンを介してでも、あの犯罪的集団とは一切、関わってはいけないのだ。

アサルションは私を説得しようとして、ローマ法王の呼びかけに応じるのはソ連のためにもなるはずだ、ドイツ・ファシストの犯罪がいかに酷くとも、応じることによって情報を得られるし、ソ連国内で、家族の身を案じている人々にも知らせることができるはずだ、と言ってきた。

それに対し私は、ソ連国民の苦悩は充分にわかるが、それでもドイツの政権を握っている殺人犯どもと関わってはならん。あいつらが「誰々が生存している」という情報をよこしたとして、実際にはその者は何ヶ月も前にゲシュタポに殺されているのかもしれないのだから、と答えた。

アサルションは、この問題は難しくはない、ソ連が賛同することは、全人類にとって非常に重要な一歩になるのだと説明した。

これに対し私は、この問題は容易《たやす》くはない、主義主張の問題だと返した。ヒトラー政権が数十万もの捕虜を殺し、民間人を虐殺しているとあっては、そのような政権とは、いかなる関係も持ってはいけない。私はあらためて、これはあくまでも個人の見解だと述べたうえで、スウェーデン政府からの要請をソ連政府に伝えることを約束した。

別れ際にアサルションは、気落ちした、と言い残して帰った。

会談は以上で終わった。

退屈している暇はなかった。機密の工場、秘密の製造所。ロゾフスキーの部下は何度も何度も目の前に現れては毎度おなじみの紙束を渡し、きっかり一〇分で仕上げろと告げていく。タチヤーナは目をこすり仕事を続けた。そうして毎日書類の打ち込みをしながらその文面を頼りに、夫がどんな状況に置かれているのかを読み取ろうとし続けていた。

ソヴィエト連邦
外務人民委員部
軍部人的損害調査中央部局　委員長様

赤十字国際委員会を通して外務人民委員部に送られてきた、ドイツ、ルーマニア、イタリアにおけるソ連人戦争捕虜および死亡したソ連人戦争捕虜の名簿を添付いたします。

また、ドイツおよびその同盟国との戦争捕虜の情報交換については、国際赤十字より再三の要求がありましたが、我々はこれに返答しておりませんことを申しておきます。この状況を鑑み、今回お送りする名簿を利用するにあたってはご配慮いただき、この件について決して国際赤十字と連絡をとりあうことのないようお願いいたします。

あわせてお伝えしますが、捕虜、とりわけ重傷の捕虜の交換は、交戦国の同意に基づき、一連の国際協定、例えば一九〇七年のハーグ陸戦条約の第一四条や、一九二九年の捕虜の待遇にかんする条約六八条および七二条に合致しております（当該条約の条文も添付いたします）。

しかしながら、ドイツおよびその同盟国は暴力的かつ組織的に国際法や国際的慣習および条約の取り決めに違反しておりますゆえ、我々はこの問題にかんする要請には一切返答せず、戦争捕虜の交換についてはドイツともその同盟国とも、いかなる交渉も連絡もとりおこなわないものとします。

添付文書

・在ドイツ　ソ連人戦争捕虜名簿　二九七名（一枚）
・在ルーマニア　ソ連人戦争捕虜名簿　六四〇名
・在イタリア　ソ連人戦争捕虜名簿　一一七名（一四枚）
・死亡したソ連人戦争捕虜名簿　一七名
・埋葬地概要　一〇枚
・上述した条約の該当条文抜粋

今回の名簿にも、リョーシャはいなかった。捕虜のなかにも、戦死者のなかにも。戦争が続いてるんだ、ターニャ、落ち込んでる場合じゃないよ！　職場に出かけ、抱えた秘密を守り、くる日もくる日も、タイプを打ち続けなきゃ――

同志モロトフ殿

国際赤十字より連絡があり、イギリス政府は、在ドイツロシア人捕虜のための食料をアフリカで買付し、国際赤十字の船で輸送することを許可した。この買付のための資金はバーゼルの赤十字国際決済銀行から捻出可能とのこと。

国際赤十字はこの件についての意見を我々に求めている。先日申し出のあった、ドイツおよびルーマニアにおけるソ連人捕虜に対する、供出による砂糖配給の件についての貴殿の決裁と同様（添付資料参照）、今回の国際赤十字からの連絡にも返答は不要と思われます。

ヴィシンスキー

一九四三年、ヴァチカンからソ連に再び、戦争捕虜の困苦を軽減させてほしいとの申し出があった。今回の要請はアメリカを介してなされた。これに対しモロトフは次のように返答した。

モスクワ
一九四三年三月二八日

大使殿

本年三月二五日付の貴殿からの書簡を受け取りました。ソ連人戦争捕虜と枢軸国民戦争捕虜の情報交換にかんするヴァチカンからの要請につきまして、現時点ではソ連政府は関心を持っておりませんことをお伝えいたします。

アメリカ合衆国からソ連人戦争捕虜へのご配慮をいただきましたことに感謝の意を表しますと同時に、大使殿にも心よりの敬意を込めて本状をお送りいたします。

V・モロトフ

同一九四三年、モロトフはアメリカ側に対し、ドイツに少しでも人道的行動をとれる可能性があるとみなすのは、プロパガンダ的な視点からいって間違いだろうと述べた。

「どうして、そんな対応をしていたんでしょうか」

「誰が」

「モロトフとか、そのあたりの連中は……」

「おそらく立場の問題だろうね……」

「そんな、捕虜になった自国の兵士を見捨てる立場なんて」

「あたしだって知りたかった。でもおそらくこんなふうに考えてたんじゃないか——悪いのはぜんぶドイツだ。ドイツはジュネーヴ条約に調印している。ジュネーヴ条約には、捕虜に対する全責任は捕虜をとった側の国が負う（たとえ捕虜にとられた側の国が条約に調印していなくても）とある。つまりソ連の見解からすれば、ドイツ側にこそソ連人戦争捕虜に配慮する義務がある、と。ここでわかっておかなきゃならないのはね、ソ連にしてもドイツにしても、誰のことも信じちゃいない、国際協定の意味すら長らく考えたこともない国だったってことだ。あのね、サーシャ、国際的な義務が成立するのは、それを破った場合になんらかの罰が課される場合だけだ。でも当時のソ連やドイツを、誰が罰することができたと思う？　まあこれは余談だ。あんたは、どうしてあたしが逮捕されたか、訊いたんだったね」

「ええ」

「あれは、突然のことだった……不意打ちでもあり、仰々しくもあった。秘密警察は、終戦と同時にあたしを捕まえにきたんだ。あたしは娘と一緒に、もうすぐパパが帰ってくると喜んでいた。でも思いもよらず、あたしたちにとっての戦争は終わっていなかった。待ち受けていたのは、新しい、個人的な、けれど、それゆえいっそう破滅的な戦争だった。

あたしが逮捕されたのは、一九四五年の七月。ソヴィエト国民が果てしない高揚のさなかにあったそのとき、戦勝パレードの伴奏とともに、うちに秘密警察がきた」

深夜。タチヤーナはアーシャを寝かしつけたばかりだった。玄関口にきたのは三人。かつて雛鳥のように大きな口をしていた三人組が、背丈ばかり高くなってやってきたのだ。一人はタチヤーナの前に立ちはだかり、あとの二人は家宅捜索にとりかかった。

『支度してください』と、マッチ棒で歯の掃除をしながら、一人が冷静に言った。

『いつ帰れますか？　娘をとなりの人に預けてきます』

『その子も連れていくから、起こしなさい』

(そうね、そのほうがいいかもしれない) と、タチヤーナは思った。そしてアーシャのところに戻り、娘を起こしにかかった。娘の頰を撫でているとき、タチヤーナは警察の一人が彼女の絵を回収しているのに気づいた。

『なにを持っていったらいいですか』

『暖かい服を。子供のぶんも』

(これも、いいことなのかもしれない)ともかく、この人たちはアーシャと一緒に行くことを許してくれた。ソヴィエトの人間だ。二人は怖そうだけど、一人はいい人そう。歯に挟まったものがどうしても取れないみたいだけど。

『これも持っていっていいですか』

『ええ、持っていきなさい』

「支度しろと言われて恐怖で震えながらも、あたしは、この人たちはいい人たちかもしれないと考えてた。逮捕するときでさえ、暖かいセーターを持っていくことを許してくれるんだから、いい人たちだ——ってね。錯覚だよ……。実際には、偉大なる国家が逮捕者全員の服を確保できていないだけだったのに。

(やっぱりだ、やっぱりこの車がきた)って、あたしは考えた。何年もかけて、ようやくあたしのところまで辿《たど》りついたんだ。すごいじゃないか。それだけじっくり、書類に目を凝らして仕事してたんだ。やつらの根気ときたら、羨ましいくらいさ。考えてもごらん、一九四五年だよ!」

タチヤーナは手早く身支度を整えた。それからさらに三〇分ほど、タチヤーナはアーシャを腕に抱きかかえたまま、大の男が二人して布団の縫い目をほどき、枕の羽毛をバサバサと落としているのを眺めていた。その姿は、もしあれほど恐ろしい場面でなかったらおそらく滑稽に見えていただろう。深夜二時近くになって、ようやく車は出発した。

暗い家並みを眺めながらタチヤーナは、自分と娘は牢屋に入れられるのだろうと考えていた。アーシャは腕のなかで眠っている。少しの尋問ののち、二人は寝かせてもらえるだろう。さいわい彼らは、この子を手元に置くのを許してくれた。ほかのあらゆることには覚悟ができている。

三区画も行かないうちに、車は突然止まった。見事な連携プレーだった——ずっと黙っていた助手席の男が即座に外に出て、後部座席のドアをあけた。タチヤーナのとなりに座っていた男は娘をひったくり、近くに止まっていたバスに向かって走り出した。バスには怯えた子供たちがすし詰めになっていた。タチヤーナは悲鳴をあげて外に出ようとしたが、首筋に一撃をくらった。

『なにをするんですか。恥を知りなさい。ソヴィエトの人間として、子供にトラウマを与えるのはやめてください！』

「あたしはまた外に出ようとしたけど、さっきドアをあけた男が後部座席に乗り込んで、今度はあたしの首を絞めはじめた。瞳孔がひらくのがわかった。アーシャが『ママ！』って叫ぶのが聞こえたから、あたしもアーシャの名前を呼ぼうとしたけど、警察はあたしの口を塞いだ。『いいかげんにしろ！　おとなしくするんだ！　子供はどうにもせん。国家が世話してくれる。

おとなしく供述すれば家に帰れる。血を拭きなさい、車が汚れる』

あたしたちは、別れの挨拶すらさせてもらえなかった……」

タチヤーナは心を落ち着かせようとした。おとなしく振る舞えば情けをかけてもらえるような気がした。あとからわかったが、秘密警察では逮捕者のそういった振る舞いを『うさぎ症候群』と呼んでいるらしい。決して狼《おおかみ》に期待などしてはいけないのだ。

三〇分後、タチヤーナはルビャンカ刑務所に連行されて独房に入れられた。

「体がガタガタ震えてた。アーシャのことを思うと恐ろしくて。どこに連れて行かれるんだろう。どこかの孤児院だろうか。あたしはどのくらい拘束されるんだろう。二、三日ママがいなくても、あの子は大丈夫だろうか。持ち物は持っていってくれただろうか。いや、あれは確かあたしが持っていたはずだから……ひょっとしたら、あとから送ってくれるだろうか。

ところがだ。二、三日だなんてとんでもない。笑っちゃうよ。やつらがあたしを最初の尋問に呼び出したのは、一週間も経ってからだった。前の尋問がなかなか終わらなくてね。順番を待つだけで一苦労さ。まったく、容疑者はいくらでもいるからね」

両腕を拘束され、すっかり憔悴《しょうすい》した状態で、タチヤーナは取り調べの席につかされた。顔をあげたタチヤーナは、思わず笑ってしまった。独房で一週間を過ごしたあとでは、取調官の外貌を見ただけで自然に笑いがこみあげてきたのだった。

「カヴォーキンという男だった。一生忘れない。アルツハイマーでさえ、あいつをあたしの頭から追い出せやしないんだ。

チビで貧相でハゲかけた四〇がらみの男。個性なんてまったくない、人間ですらない、蛾《が》のようなやつ。喋りかたは短くて断定的で、若干鼻にかかった声をしてた。

おそらくあいつは職場から家に帰る途中やなんかにいつも外で遊ぶ子供たちの笑い者になってたはずだよ。カヴォーキンは、なるべくして取調官になった男だ。人を拷問することくらいでしか自分を満足させられないクズ野郎。これは収容所に行ってからわかったことだけどね、あの組織、あの巨大な社会構造のすべては、あの男と同じようなコンプレックスを抱えたクズどもが作っていたんだ。やつらは自分たち自身は何者でもないくせに、自分たちにそっくりな国家のなかでは重要な存在になれた」

まずは身元調査から始まった。カヴォーキンはタチヤーナの両親のこと、外国にいたときのこと、その他あらゆる過去について訊いた。それからカヴォーキンは、タチヤーナを逮捕したのには根拠がある、根拠なしに逮捕することなどありえないのだと言った。些末な質問が小一時間ほど続いたあと、取調官はおもむろにタチヤーナの描いた絵の束を机の上に取り出して、それから長々と続くことになる、ほんとうの尋問に移った——

『これはあなたが描いたものですか』

『はい』

『なんのために?』

『どういう意味ですか』

『なんの目的で、モスクワの街頭をこれほど正確に描いたのですか』

『ごく普通の絵でしょう。絵を描くのが好きなんです』

『じゃあ、これは?』


「どう答えようがあっただろう。あたしは腕を拘束されている。目の前には机と椅子と電球がある。外務省が描かれた絵を振りかざすように見せつけられて、あたしは思う——(ああ、国家機関の絵を描くなんて、我ながらなんて考えなしだったんだろう!)と。

そのあとの質問は、要点からいえば同じことの繰り返しだった。

『この絵はなんのために描いたんだ? これは? それにこれは? このクレムリンは?』

あたしは相手の神経を逆撫《さかな》でしないように落ち着いて答えようとしたけど、うまくいかなかった。そもそもカヴォーキンを見るだけで相変わらず笑いがこみあげてきたし、それにあいつにとってはあたしの返答なんて、どうでもよかったんだ。

おそらく二時間くらいしてから、カヴォーキンは次の質問に移った。

『あなたは絵を夫に送りましたか』

『え、どこに?』

『あなたは夫から手紙を受け取りましたか』

『開戦当初は、受け取りました』

『開戦当初というのは何年のことですか』

『お忘れでしたら言いますけど、一九四一年です』

『茶化すのはやめなさい。じゃあ、それ以降は？　それ以降は手紙を受け取りましたか』

『それ以降は受け取っていません。開戦直後の二通だけです』

『あなたは夫が敵側に寝返ったのを知っていましたか』

『いいえ』

『では教えましょう、寝返ったのです』

『アレクセイが敵側に寝返ることはありえません。むしろ、いかなる場合においてもそのようなことはしないと確信があります。夫は常に真の共産主義者でした』

『このアマが！　誰が真の共産主義者で誰がそうじゃないか、決めるのはテメエじゃねえんだ、わかったか!?』

（へえ。態度が豹変《ひょうへん》したよ。このクズは怒鳴ることもできるのか）と、あたしは思った。このときには、あたしはもうすっかり落ち着きを取り戻して、机の向こうにいるこの人間に対してまったく恐怖心を感じていなかった。

（この人は自分が滑稽だって、誰かに指摘されたことあるのかしら）」

カヴォーキンはまだなにか怒鳴っていたが、タチヤーナはもう耳を傾けるのをやめていた。

もはや退屈だった。唾を飛ばす男を眺めながら、ふと彼女は父の最後の言葉を思い出した――

『強くなってくれ、タータ。でも、バカになるんじゃないよ。考えることをあきらめちゃいかん。抜け目なく立ち回れ。引き際を見極めるのは恥じゃない。賢くなれ。肯《うけが》うことも、逃げることもできる人になってくれ。刃物を持つ人間に、挑んではいけない。沈黙は常に大事だ。バカなやつに対して、バカだってことを指摘しちゃいけない。木に対して、おまえは木だと言ってもわかってもらえないのと同じだ。小言や不平や愚痴を言うな。そしていつまでもずっと、健全でいられるようにな！』

『パフコワ！　パフコワ！　こっちを見なさい、パフコワ！』

『はい……』

『はい、長官殿、だ！』

『はい長官殿……』

『パフコワ、ここ数週間以内に、夫から連絡はあったか？』

『え？』


この瞬間、初めてタチヤーナは、どうしていまになって逮捕されたのかを悟った。

（リョーシャは、生きてるんだ！）

数年の月日ののちに、タチヤーナは再びこの言葉を繰り返した。彼女が逮捕されたのは古い名簿のせいなんかじゃない。リョーシャが捕虜から解放されたからなんだ。

『ここ数週間以内に、夫から連絡はあったのか？』

「あたしは、ソ連の諜報員の報告書を読んで、ドイツの収容所を訪れたアメリカ人がソ連兵たちに対して、国に帰らないよう助言していることを知ってた。国へ帰っても、待ち受けているのは家族や親しい人たちじゃなく、秘密警察の選別収容所であることが多いからだ。ソ連の諜報員はこう書いていた――

『ソ連の兵士たちはアメリカ人から、帰れば尋問や拷問を受けると言って脅されておりますゆえ、これについてアメリカの代表団に釈明を求めることを強くお勧めいたします』

あたしは突然、目が覚めたように思った――

（そうか、だから逮捕されたんだ！　生きてる！　生きてる！　生きてる！　リョーシャは生きてる！　こいつらがあたしを逮捕したのは、ルーマニアの捕虜名簿を見つけたからなんかじゃない。どこかで、遥か遠いどこかの地で、リョーシャが捕虜から解放されたからなんだ！）

ねえサーシャ、信じられないかもしれないけどね、あたしはあんまり嬉しくて、そのクズ男のカヴォーキンに、あやうく抱きつきそうになったくらいだったよ。

『パフコワ！』

『はい』

『はい、長官殿、だ！』

『はい長官殿……』

『ちくしょう、このアマめ、おまえの夫は、おまえに連絡をとったかって訊いてるんだ！』

『いいえ……』」

カヴォーキンは怒鳴り続けていたが、タチヤーナは得もいえぬ心地を味わっていた。喩《たと》えようのない、凝縮された感情。途方もなく圧倒する感覚。

「あんな感覚を与えられるのは、きっと麻薬くらいのものだろう。まるで命の水だ。恐怖と体の痛みと、娘との別離のつらさと、夫が生きていた幸せを、ぜんぶ一緒くたに味わっていた。脈拍はどのくらいだったかわからないが、あたしは自分の心臓に、どうか止まらないでくれって願った。

取調官はまだわめいていたけど、あたしは幸せすぎて信じられない気持ちだった。

『つまり、それは事実なんですね？』

『なにがだ⁉』

『つまり私が逮捕されたのは、アレクセイが生きてるからなんですね？』

『おまえの夫は逮捕された、敵側に寝返った罪でな。しかし質問するのは私のほうだ！』」

（生きてる、ほんとに生きてるんだ！）と、タチヤーナは驚喜した。

「自分が一時間後にどうなるかも、娘や夫が明日どうなるかもわからなかった。でもその最初の取り調べのとき、あたしは、いま起きていることがいかに恐ろしいにせよ、家族全員が生きて終戦を迎えられたのが、嬉しくて仕方なかった。

ばかだねえ。そうだろう。あるタイタニック号から別のタイタニック号に乗り換えさせられただけなのに、そんなこともわからずに、まだ海底に沈んでないってだけで喜んでるんだから。いまになってあの瞬間を正確に思い出すのは至難の技だが、そうやって繰り返し同じような質問をされていた最中、あたしは不意に、声をたてて笑いだした。

『俺がなにか可笑しなことでも言ったか!?』

『いえ、そんなことはないんですが、運命ってものは……』

あの会話が調書に書き留められたかどうかはわからない。そもそもあの男は調書なんかとっちゃいなかった気もする。あたしの返答も笑いも涙も、あいつはなんとも思ってなかった。

『もういい、失《う》せやがれ!』

そうして最初の尋問は終わった。取り調べは唐突に中断され、タチヤーナは独房に連れ戻された。

「こんなに早く終わるってことは、あのカヴォーキンってやつが簡単に取り調べを中断したってことは、つまりあたしが無罪だとわかったんだろう、と思った。あの暗く長い夜、あたしはなかなか寝つけなかった——ばかだね、なにもかもうまくいった気がしてたんだ」

次の日の夜、カヴォーキンは再びタチヤーナを尋問に呼び出した。カヴォーキンがなにかの書類を書きあげるのを長々と待たされたが、ようやく終わったのを見て、タチヤーナは微笑み、声をかけた。

『こんばんは、長官殿！』

『誰が発言していいと言った？』

『娘はどこにいるんですか？』

タチヤーナは訊いた。

『もう一度言うぞ、このアマ、発言を許した覚えはない！』

『どうしてそんな態度で話すんですか？』


それが間違いだった。カヴォーキンはタチヤーナを殴りつけた。歯が折れた気がして、手で口を覆った。小柄で弱そうに見えるカヴォーキンだが、意外にも力が強かった。長年の訓練の甲斐《かい》があったのだろう。

『おまえは、夫が捕虜になったのを知っていたのか』

カヴォーキンは冷淡に質問し、タチヤーナは考え込んだ――どうしてこの人は始終、丁寧語で喋ったり乱暴な言葉を使ったり、一貫性がないんだろう。どうして怒鳴ったり、そうかと思えばタチヤーナの意見を聞いているそぶりをしたりするのだろう。

『確信はありませんでしたが、そうかもしれないとは思いました……』

『なにを根拠にそう思ったんだ？』

『夫から手紙が届かなくなったとき、死んだんじゃなく捕虜にとられただけならいいのに、と思ったので……』

『要するに、夫が裏切り者であればいいと思ったんだな?』

『夫は常に勇敢に戦ったと信じています』

『勇敢な兵士は捕虜になどならん!』

『おそらく、いろんな状況がありうると思うんです、敵に包囲されたり……』

『どんな場合でも、最後に残された銃弾で自害することはできる!』

『じゃあ、たとえば仮に夫がそうしなかったと考えてみましょう。でもだからなんだっていうんですか』

『だからなんだとはなんだ。おまえはそいつの妻だろ!』

『いつから容疑者の妻まで罪人になったんですか』

『そうソ連憲法に書かれて以来だ、尊重すべき憲法にな!』

『ソ連憲法は尊重していますが』と、タチヤーナは冷静に答えた。『それでもよくわかりません、どうして夫のしたことにあたしが責任をとらなくてはいけないんですか』

『おまえらの結婚はすなわち陰謀の締結に等しいからだ!』

『本気で言ってるんですか?』

『事前に陰謀と知らずに結婚したとでもいうのか。いまは帝政時代じゃない、ソ連では恋愛によって結婚する、つまりおまえは相手を敵と知っていて結婚したことになる!』

「とにかく、ばかばかしかった。あたしはまた笑っちゃったよ。でもそれで相手を完全に怒らせてしまった。いや、完全に怒らせるまで、あたしはさらに火に油を注いだ。懲りずにまた笑いながら、訊いたんだ――」

『あのですね、ご自身でもわかってらっしゃると思いますが、おっしゃることがなにもかも、とんでもなく可笑しいんですが。おまけに長官も、見てるだけで可笑しいですし。それでどうするんですか、また叩くつもりですか』

その通りだった。

『ほう、可笑しいか。可笑しいんだな？　コーリャ、こい！』

カヴォーキンは席を立ち、タチヤーナのところに飛んでくると、もう一度殴りつけた。彼女は立とうとしたが、後ろから誰かに羽交い締めにされた。

『可笑しいんだな。これでも可笑しいか、みてみようじゃないか』

カヴォーキンはベルトを外しズボンのチャックを下ろした。タチヤーナは目を閉じた。なにかが彼女の顔に触れた。それがなんなのかは、考えたくなかった。

背後にいた誰かが勢いよくタチヤーナを起き上がらせ、床に押し倒した。重たい男が彼女の上にまたがり、スカートをまくりあげた。カヴォーキンはタチヤーナを陵辱しようとしたが、うまくいかなかった。荒い息をたて、自らを興奮させようとしたが、どうにもできなかった……。そんなことが数日のあいだ続いた。

毎晩、カヴォーキンはタチヤーナを取調室に呼び出しては陵辱を試みた。四日間うまくいかず、そのたびに暴力を振るった。最終的に、四日目が終わろうというときになって、カヴォーキンは倒れこむように椅子に座り、部下に『やれ』と命じた。部下は従った。

＋

カルテ

パフコワ、タチヤーナ・アレクセーヴナ

三五歳

ロシア人

識字　可

既婚

出生地　ロンドン

——入院中の病状経過——

7月11日

極度の衰弱、全身の痛み、吐き気を訴え入院。

身長は平均的、健康的な体格、栄養状態は問題なし、可視粘膜および表皮が極度に蒼白《そうはく》。病床の様子は不活発、寝返りがうてない。診察の結果、大腿部《だいたいぶ》、臀部《でんぶ》、腰および腰上から両肩甲骨の下までに内出血あり。内出血は一面に広がり、濃い紫色。右腕全体が腫れている。腕の外側にも内出血あり。舌は健常。腹部は柔らかい。総合的に深刻な容態。絶えずうめき、うわごとを言い、夫や娘の名を呼ぶ。患者の申告によると、二日間排尿および便通なし。脈拍七〇。

7月13日
容態は深刻。補助がないと寝返りがうてない。嘔吐《おうと》は治まった。便通なし。排尿困難。

7月15日
前回に同じ。

7月16日
頭痛を訴える。右手を上げるのが困難。腫れは若干引いている。

7月17日
少し寝返りがうてる。患者の自覚症状は若干改善。排尿困難は治まる。

7月20日
腕の腫れは治癒。身体の動きも自由。

7月21日
患者の自覚症状は良好。寝返りもできる。頭痛を訴えている。
7月23日
前回に同じ。
7月25日
昨日の尋問ののち、深夜一時四五分、首を吊ろうとしているところを救助。首に縊溝《いこう》がみとめられる。脈拍は正常値に戻りつつある。
7月29日
患者の自覚症状は良好。可視粘膜および表皮は蒼白。
8月1日
患者の自覚症状はおおむね回復傾向。食欲不振、腰部に痛みあり。
8月3日
特に変化なし。

8月5日
患者の自覚症状は良好。

患者の自覚症状は良好——退院。取り調べ終了だ。陵辱されたあと、ひどく衰弱したタチヤーナは牢獄内の病院に入れられた。入院中、医務班に可能と判断された時点で、タチヤーナは再び取調室に送り込まれた。もはやカヴォーキンはなにも言わず、部下はすぐさま要件にとりかかる。ひとつだけ、わからない——この部下はどうして、ほとんど生ける屍《しかばね》のような状態のタチヤーナを陵辱することができるのか。病院に戻されたタチヤーナは自殺しようとしたが、医療班が折良く彼女をシーツで作ったロープから救出した。そうして裁判は終わった。一五年の実刑判決を受けたタチヤーナは、体調が回復したのを見計らってストルイピン車両（当時、囚人を強制収容所に護送した列車がこう呼ばれた）に乗せられた。一ヶ月の列車旅です、準備はいいですか。そういえば、お聞きしたかったことがありましてね、お加減はいかがでしょうか？　よろしいですか？　もう可笑しくありませんか？

別れ際にカヴォーキンは、ごく明確に彼女の未来を告げた——『おまえの夫は銃殺される。もっとも、まだされてなかったらの話だがな。娘は孤児院に送られるが、もしおまえが一五年後にたまたま再会したとして、おまえを母親とは認識しねえ。国の保育士たちがそう育ててやるからな』

『ふん、どうかしらね』上目遣いに睨《にら》みながら、タチヤーナはかすれた声で言った。

人民の敵の妻たちをぎゅうぎゅうに詰め込んだ列車はロシア全土を横断し、収容所へとひた走っていた。女たちは自分がどんな尋問を受けたかをお互いに話していたが、タチヤーナはずっと目を閉じていた。道中の停車がなにより恐ろしかった。列車が速度を緩めるたびに、いまにも叫びだしそうになる。一週間目も二週間目も、タチヤーナはひたすら目的地に到着することだけを望んでいた。二〇日目には、いかなる死も救いのように感じられた。タチヤーナは座って板張りの壁にもたれ、バルトーの詩を諳《そら》んじた――

『おうちはここにあったのに……住んでた人もひっくるめ、まるごとどこかへ消えちゃった……おっきな灰色の建物なんだ、お母さんもいるはずなんだ。おまわりさんは答えます、あの家は、交通のじゃまになってたからね、横丁へ、引っ越すことになったんだ……ああそうさ、もう一〇日もずっと動いてる、家はゆっくり動くから、鏡も割れたりしないんだ……』

現地に到着すると同時に、彼らは崖の縁《ふち》に立たされた。何人かの女たちは悲鳴をあげ、まだ撃たれてもいないのに崖下に落ちていった。タチヤーナは黙っていた。

「あたしは驚いたよ。まだ、死ぬのが怖いって気持ちが残ってる人もいるんだ、って。もしあのとき銃殺されたら、あたしは喜んで受け入れた……。ちょうど、ずっと昔イタリアで、医者の持ってた錠剤を欲しがったみたいに……。ああ、あのとき、鼻水ごときで泣きべそをかいていたのは、ほんとうにあたしだったんだろうか」

護送列車で一ヶ月を過ごしたあとでは、タチヤーナは収容所に入ろうが墓に入ろうがどうでもいい気持ちになっていた。

「それに、あたしは自分が憎かった。牢屋で自殺の衝動にかられたことが許せなかった。夫は秘密警察の収容所にいて、娘は孤児院に入れられているっていうのに、あたしは自分のことしか考えてない。崖の縁に立っても、死ぬのは怖くなかった。死ぬ覚悟はできていたけど、それは疲れのせいでさえなくて、恥のせいだった。

でもあいにく銃殺は始まらなかった。三〇分ほどそこに立たされて、先に進まされた。実はそれは収容所流の茶番だったんだ。新人はみんなおんなじ芝居で迎えられる。あんたも知ってるだろう、ソ連じゃ演劇が好まれたのを……解剖劇場は特にね」

収容所の敷地内に入ると、砂利道の両脇に並ばされた。ようやく全員が整列すると、墓場のような沈黙が訪れた――女たちの前を警護隊員が通っていく。まるで大型食料品店にきた買い物客のように、列のあいだを、品定めしながら。

「このとき、おそらく三十数年間生きてきて初めて、不細工でよかったと思ったよ。進んであたしを選ぶ男なんてまずいないだろうからね。その光景は、映画女優のオーディションか、仮面舞踏会を思わせた。女たちは逮捕されたときの服装のままだった。ネグリジェの上にジャケットを羽織っただけの人もいれば、ずたずたに引き裂かれた一張羅の人もいた。そうそう、この話をヤドヴィガに話して聞かせたとき、訊かれたっけ――

『待ってよ』って、ヤドヴィガは口を挟んだ。『いくらなんでも、そんなわけないじゃないの。ネグリジェ一枚だなんて。だって何ヶ月も牢屋に入れられて、何週間も列車に乗せられてきたんでしょう。ネグリジェ一枚で耐え抜けるわけないわよ』

いったい、そんなことに配慮しようと思い至る人さえいたかどうか……。

国からの物資の配給は、収容所にきて初めて受け取れる。その晩、あたしたちは小部屋に連れていかれて、靴を選べって言われた。目の前には新しいブーツが山になってたけど、大きさはみんな同じで、三七（約二四・五センチ）サイズしかなかった」

『気に入らないなら、裸足で歩くことだな』

『美人コンテスト』と『シンデレラの靴』が終わると、彼女らは『8号』と呼ばれる建物に収容された。工場の跡地。窓もなければ、床もない。地面には藁《わら》が敷かれ、屋根には土が乗せられている。『8号』という呼び名の由来は、室内の気温が決してこの無限記号にも似た数字以上にはならないためだ。夏は冷たい水さえもなかった。冬は、お茶を沸かすためには雪を溶かすか、氷にあけた穴から汲《く》み出《だ》すしかなかったが、その穴では時折、望みを失った者が水死していた。

女たちは親分格の姐《ねえ》さんの周りを取り囲んでいた。ここでの衣食住や決まりごとについて、次から次へと質問が飛び交う。

「あたしはまったく興味がなかったけど、それでも、どうにかして安心しようとする女たちの気持ちはわかった。誰もがほんの一握りの希望でもいいから欲しくて、姐さんの話に聞き入ってた――

『これこれこういうのは大丈夫で、それからね、こういう場合はまだ平気で……』

あたしは壁のほうを向いて眠ろうとしたけど、とうてい無理だった。牢屋と病院と三週間以上の列車生活を経て、体はボロボロだった。ソ連の四人護送列車は、尋問で受けた傷を癒すには不向きな環境だった」

＋

タチヤーナばあさんは話し続けていたけれど、僕は絵に目をやった。ある男の肖像が目にとまる。やはりグレートーンの、剝《む》き出《だ》しのキャンバス地のように冷たい色彩。この絵にも光源があるが、今度のは電球の光だ。机の向こうには小柄ではあるがやけに恐ろしげな男がいる。半開きの口からは歯並びの悪い尖った歯が見えている。僕にはそいつがいまにも襲いかかってきそうに思えた。

「あたしはもう二ヶ月も、アーシャの行方についてなにも知らされてなかった。数週間の列車生活を経てそこに着いてからようやく、あいつらがまず先に孤児院と話をつけて、それから母親たちを逮捕してたんだって知った。ソ連社会の意思疎通は複雑だね。孤児院の院長たちは、新しい子供を受け入れるたびに、その子の親は逮捕されてるってわかっていたわけだ。いや、それはちょっと違うかもしれない。実際には孤児院の院長は新しい子供たちを毎日受け入れていたんだから、その子たちの親が常に逮捕されているなんてことは、とっくに考えないようになってただろう。ただでさえ孤児だらけだっていうのに、この国は戦争が終わってもまだ孤児を生産し続ける恐ろしい習慣から抜け出せずにいたんだ。

あたしはわかってた——肝心なのは、最初の時期を耐え抜くことだ。体はなんにでも慣れる。

一年か、ひょっとしたら二年。最低限必要なものさえあれば、あとはどうでもいい。大事なのはいつかきっと、リョーシャともアーシャとも、再会するってこと……。

最初の数週間は、ほかの人たちと一緒に茅集《かやあつ》めをした。一四日目に奇跡が起きた。あたしは所長のところに呼び出された。

『パフコワ、おまえ、外務省で働いてたってほんとか？』

所長は訊いた。

『はい』

あたしは答えた。

『よし、じゃあタイプを打ってみろ！』

その言葉があまりにも不可思議に思えて、あたしはその場から動けなかった。

『おい、どうした、ここに座れってば』

唖然としたけど、こんなチャンスは逃しちゃいけないこともわかってた。部屋は暖かいし、願ってもない夢のような仕事だ。

あたしは席についた。所長はノートを渡し、罫線《けいせん》の入った紙にタイプ打ちをしてみなさいと命じた。

『清書用の書式でよろしいですか』

専門的知識があることを証明したくて、あたしは訊いた。

『好きなように打ってくれればいいさ、モスクワでやってたのと同じに……』

記録

一九四五年上半期、収容所における子供の死亡率について

死亡者数――

絶対死亡率――

相対死亡率――

病状別の死亡率の比重――

診断別と月別の死亡率――

『よし、パフコワ、充分だ！　準備は整えておくから、明日から働いてくれ』

運が良かった。収容所の所長はポドゥーシキンといい、面倒くさがりで小狡《こずる》い人間だった。人民の敵に書類作成を任せるのが犯罪なのはわかっていたが、最近秘書に選んだばかりの美人はまったく仕事ができなかった。書類にかんする専門的知識もないし、手紙のタイプ打ちをさせれば何十箇所もミスをした。行はひん曲がり、文字はこの国の人々のように跡形もなく消え

ていった。タチヤーナは彼女から引き継いだ仕事をやり直すのに数週間を要した。

収容所および矯正施設における一部の医療班は収容者の死因として頻繁に「衰弱」の診断を下しているというデータがある。

このような診断は、被告に判決を下した裁判所側だけでなく、死亡者の家族に対しても、その死因について好ましくない印象を与えるものである。

次のように対処すべし――

・死因の特定に際しては、衰弱の場合であっても、主な要因に加え付随要因（心臓麻痺、心不全、肺結核など）も記入すること。

・各種証明書を収容所から他の諸機関に提出する際や、内務人民委員部の人民登記部へ報告する際は、付随要因のみを記入すること。

・強制収容所の医療班に提出するカルテには、主な死因を残しておくこと。

服務規定

死亡した受刑者の金歯の取り扱いについて

・死亡した受刑者の金歯は抜歯すること。

・金歯の抜歯は、医療班、収容所管理者、経理部の各代表からなる委員会の立会いの下でおこなうこと。

・委員会は抜歯の記録を二部作成し、種類（かぶせもの、差し歯、クラスプ、バー）ごとの数と重量を正確に記入すること。

・記録書には上記の代表者全員がサインすること。作成した書類二部のうち一部は収容所医療班に残し、もう一部は抜いた歯とともに収容所経理部に渡すこと。

・獲得した金は、最寄りの国営銀行の相応する部局に提出したうえで、銀行から受領証を受け取り、これを作成した書類とともに保管すること。

「最初の一ヶ月であたしはいろんなことを知った。たとえば、受刑者が犬や猫を食べた場合、それは『悪質な素行不良』として記録する必要があること。モスクワへの報告書には、受刑者は悪ふざけで犬や猫を食べているのであって、収容所に飢餓はないと書かなくてはいけない。所長はあたしに『動物を食べることについては気に病む必要はない。この地域では昔からあらゆる動物を食べていたんだ、人間以外はな』って言ってた。そのときの所長の奇妙なユーモアの意味は、何年か働いてようやくわかった。人肉を食べることを仄めかしたのは、冗談なんかじゃなかった。雪が降りはじめて地面が凍ってくると、埋葬の原則だとか常々首都からなされている指導だとかは顧みず、受刑者の死体は埋められなくなり、掘っ建て小屋の陰に積み重ねられていく」

『そんなに埋めたいなら、ここまできて掘ってみろってんだ』と、ティーカップの受け皿で冷ました紅茶をすすりながら所長は文句を言った。『どうかしてやがる。モスクワの人間ってのは、ずいぶんと頭がよろしいようで！　なんたる要求をしてきやがるんだ。囚人どもを集めて穴を掘らせなさいだと。掘るのは構わないかもしれないが、それをやってなんになる？　ガチガチに凍った土に、これだけ大量の死体を埋めるだけの穴なんか掘ろうとした日には、掘るほうも半分は死んじまう。それこそ悪循環もいいとこだ。こっちだってやることが山ほどあるってのに！』

そんなとき、死んで間もない遺体の一部が失くなることがあった。これには通例、目をつぶることになっていた。もし稀《まれ》になにかしらの理由があって報告書を書かなければいけない場合、タチヤーナはそれをすべて狼のせいにした（狼なんてあのあたりには生息していなかったけれど）。

「たまに酔っ払うと、所長はいつも同じ余興をやった。大きなシャベルを出してくると、そこに腐った肉の塊を乗せて外に出る。受刑者は『8号』から出ることを許されて、膝立ちになってシャベルのところまで這ってくれば、食いちぎれるだけの肉を食べることができる。あたしと一緒に働いていた例の所長の能無しの愛人はそれを見て憐れむように『あらまあ、人間も堕ちたものね』って言ってたよ。

あんたは、その言葉は所長に向けられたものだと思うかもしれないが、それが違ってね。無力な女たちのことを言ってたんだ。あたしはなにも言わなかった。なにもおかしくない。人々は（あくまでも人々のほうだ、権力のおこぼれをもらったもてあまし者なんかじゃなく）当然の、合理的な行動をとっていたまでだ。女たち――誰かの母であり、娘であり、姉妹である彼女らは、自分の命を守ろうとしていた。それは堕落でもなければ非常識なところもなにもない。あそこで起きている現象について、あたしが驚いたのは別のことだ――人心の偉大なる技師（スターリン）がやろうとしていた『新しい人間を作る実験』は全力で進められていた。あたしは考えた――いちばん恐ろしいのは、無力な受刑者が肉に食らいつくことなんかじゃない。もしなにも変えなかったら、もしこの惨状を全世界に知らせなかったら、半世紀後には自らの意思でシャベルからものを食べようとする人間が出てくる。もし、その認識を重く受けとめることもなく、この権力が悔いることもなかったとしたら、人々はシャベルに乗せられたブリヌイ（ロシア風クレープ）の行列に嬉々《きき》として並び、幸せそうに、喜んでそれを食べるだろう。その人たちが囚われているのはもはや収容所ではなく、その人自身なんだからね」

　その「恵まれた職場」にいたにもかかわらず、タチヤーナは依然として娘の行方を知らなかった。上層部との接触も役にたたなかった。あらゆる照会に対する答えはいつも「該当なし」だ。孤児院の環境は悪くはないと信じたかった。欲をいうならあまり寂しがっていないことを願った。その一方で、タチヤーナはいまの自分の姿を娘に見られないことに安堵《あんど》してもいた。
　タチヤーナは、ソ連の強制収容所は壮大な実験であるという問題について考え続け、それは方程式によって絶大な効果をもたらす特殊な実験所で、結果として新しいソ連人が生まれるはずなのだと考えながら、そのすべてが戯言であることもわかっていた。

「もしあたしたちがみんなその実験の構成単位だとしたら、もしあたしたち受刑者がみんな、なんらかの方程式の一部なのだとしたら、みんなが同じ規則にのっとって生きてたはずだろう。でもそんなことはなかった。ぜんぜん。差はごまんとある。『許可』ひとつをとってもそうだ。あの収容所の規則は完全にめちゃくちゃだった。夫と手紙をやりとりしている人もいれば、それが許されない人もいる。まったく同じ罪状で捕らえられても、子供と一緒に収容所に入れられた人もいれば、あたしみたいに何年も家族と連絡がとれずにいた人もいる。あたしは娘の行方を知ることも叶わなかったけど、同室の人のなかには家族との面会が許されている人もいた。でも、これでよかったと思うこともあった。もしもアーシャに会ったとして、あたしは耐えられたかどうか。同じ区画に、息子との一時間の面会のあとで気が狂った母親がいた。誇張じゃなく、ほんとうにおかしくなってしまったんだ。憔悴し白髪になったお母さんを見た五歳の息子は、おばあちゃんにしがみついて、『ママはこれからずっとこんなに汚いの？』って訊いたんだと。

その母親は二年間、毎日ひび割れだらけのちいさな鏡を覗《のぞ》いて、息子に会える日を楽しみにしてた。二年間、鉄条網のなかで偉大なる機関の欠陥にさらされながらも、綺麗でいようとつとめて気を配った結果、病院に送られてしまった。そのかわいそうな母親を見て、あたしはアーシャを思い出した。アーシャの柔らかい手を思い出しながら、いつかあの子があたしを許してくれたら、と願った。あの子はいま孤児院で眠りについているんだと思うと、自分の無力が死ぬほどつらい。ひどく良心が痛んだ。目を閉じると、モスクワにいたころのなんの変哲もない夜が思い浮かぶ。いまとなっては、かつてアーシャを保育園に入れたことさえ呪わしかった。保母さんは泣きわめくアーシャを泣きやませようとし、あたしは、誰にとってもこれがいちばんいいんだと自分に言い聞かせて職場に向かった。愛ゆえの、しばしの別れ。なんにせよ執着は良くない。すぐに大きくなるんだから、ひとりで生きていけるようにならなきゃ。規範的な優しさ。型にはまった愛情。夜になると娘とひとつの木の根っこみたいに絡み合って、二人とも心地よくて、あの子は笑う。でも次の朝には、あたしはまた娘を保育園に連れていって預ける。アーシャは泣き、保母さんはあたしに小声で『早く行ってください、ママがいないほうがいいから』って囁いた……」

いま、収容所で寝返りを打ちながらタチヤーナは、娘はこの別離を予感していたんじゃないか、と考える。子供はいつも、迫りくる別れを察知するものだ。

「アーシャはいつも言ってた——『ママ、だっこして、ママ、行かないで、ママ、チューして！』あたしはそれをぜんぶ、かわいらしいわがままだと思ってた。

『また今度ね、いくらでもできるからね』

『いつ——……？』

あたしは娘のほっぺたを撫でて、職場に向かった……」

「仕事から疲れて帰ってきたときなんかに、娘を叱ることもあった。よくある話だ。あの子がなにか悪いことをしたから怒ったわけじゃない、ただ仕事がたいへんだったっていうだけで。

母親なら誰だって身に覚えのある問題さ。当時はそれがごくあたりまえで普通のことだと思ってた。でも、いまとなってはそんな自分が許せなかった。あの子の優しい目を思い出しては泣いた。周りの女たちが泣いてるのと同じように。あたしたちはみんな子供に謝りたかったけど、その声が届くかどうかはもうわからない。眠ろうとするとまぶたの裏に、なんの罪もない幼い娘の姿が浮かぶ。ママに怒られたくない一心で、やってもいないことでもなんでも、ごめんなさいと言おうとする娘の姿が……。

ねえサーシャ、あたしは歳をとるごとにわかってきたんだ。ソ連の市民とスターリンの関係も、同じようなものだって。厳しい父親は、意外にも慕われるものだ。収容所の受刑者たちでさえ、家族や友人を失ってもまだ、最高指導者の温かな抱擁を夢みてた。パパに許してもらうためならなんだってする幼い子供と同じで、疲れた親のために自分の罪を償おうとしてた。この場合の父親は、厳しいけれども公平だってことになるか？　いいや、ならない。父親だっていうだけで、それがどんな父親であったっていいっていうだけなんだ。親は選べない。最高指導者は必然的な、なにものにも変えられない、人間を超えた存在で、アダムさながら九〇〇歳まででも生きなきゃならない。スターリンが天才的なのは、何百万もの人に、自分を親族だと信じ込ませたところだ。スターリンのことを考えるとき、あたしはたまに父さんの言葉を思い出す。父さんはよく、神はいないって言ってた。神がいないなら責任をとる者もない。じゃあどうしたらいいのか。人は神に創られた存在なんかじゃなく、単なる生物の一種にすぎない。ロバより少し賢くて、猫より少し知恵がはたらく程度だ。苦難が人を襲うのは、我々が不完全なせいだ。イルカどころか、犬でさえない。いうまでもなく、人はあまりにも愚かだ。

あたしは父さんの言葉に耳を傾けて、だいたいのところはその通りだと思った。ねえサーシャ、あたしは収容所でようやく父さんの言葉を理解したとき、あらためてそのほとんどがもっともだと思ったんだ……ぜんぶじゃないにしても……。

話したかどうか忘れたけど、父さんは無神論者だった。あたしも長年、父さんと同じ無神論者だったよ。でも収容所が……収容所のせいで、あたしは神様を信じるようになった」

「まさか」

「まさか？　いやほんとうさ、簡単なことだ。神様が心を癒す手段になった。神様が救いになった。日課になり生きる糧になった。頭を活性化するための資材となり経験になった。収容所では薬ももらえなかったし、吉草《きつそう》（鎮静作用がありロシアや西欧で広く用いられる）もお酒も買えなかったけど、自分で考え出した神様が心の支えになった。頭の片隅に、人が神様って呼ぶ存在にふさわしい細胞を見つけだして、その細胞のスイッチをいれることでそれが支えになって、あたしは気が狂わずにすんだ。頭のなかの神様のからくりをオンにすると、うまくいった。この場合、実際に神様がいるかいないかはどうでもいい。肝心なのは、あたしがそこまで辿りついて、それを救済として利用できたってことだ。神様はあたしの精神医学であり、能力の証明だ。収容所で起きていることはなにもかもあまりにも愚かで残酷で救いようがなくて、心の支えになりうるのは超越的な存在だけだった。ニーチェは、神は死んだって言ったね。それをふまえてドストエフスキーは、神がいなければすべてが許されると嘆いた。でもあたしはそれとまったく逆のことを考えてた。神の存在だけが、あたしたちの身に起きているすべてのことの弁明になるって。神の不在じゃない、神の善良な意図こそがまさに悪を生んでいるんだ。橋が崩壊して人が落ちていく深淵《しんえん》の説明をつけられるのは人類の進化じゃなく、超越者の思惑だけだ。ここには重要ななにかがあった。そこにあるのは自然じゃなく、神秘だ——あたしだけのね。拷問に喜びを見出す動物なんて、人間以外にいないだろう。だからあたしは神様のところに行って、それがどういうことなのか問い詰めたい。そのためには頭のなかに神様を作り出す必要があった、いつかそこへ行って説明を求めるために。看守が受刑者の苦しみを嬉しそうに眺めてるのを見ながら、あたしはどこか高い高い空の上でこの悪を奨励している神様がいるのを感じていた。あたしの考え出した創造者だけが、どうしても必要だった造物主だけが、この醜悪な構造物の責任をとれるんだ。収容所では受刑者を殺さない程度に苦しめる。布の丈夫さを試すみたいに受刑者を試す。女たちは命令によってじゃなく偶然に殺されていく。そこにあるのは壮大なる実験なんかじゃなく苦痛で、人間なんかじゃなく神だった。『風邪』で死んだ受刑者の名簿をタイプ打ちしながら、この問題の答えを言わせる相手が必要だって考えてた。書類の写しはとらなかったけど、内容はできるだけ暗記した。最後の審判よりも恐ろしい、きたるべき重要な審判の日に、神様につきつけるつもりでね。収容所の所長も、かの惨めったらしい強欲な悪党スターリンさえも、どうでもよかった。神様が必要だった、すべての責任をとれるのは神様だけだから。あたしはスターリンに会うことはないだろうし、スターリンへの復讐《ふくしゅう》を考えても気持ちはおさまらなかったけど、ほかでもない神様に復讐してやるんだって考えたら、当然、力が湧いた。

あたしは神様に平手打ちをしてやるところを夢見た。首根っこを摑んで、骨と皮だけになったこの指で神様の首を絞めて、骨が鳴る音を聞いてやるって思った。あのね、サーシャ。あたしはあまりにも悔しくて腹立たしくて、神様なんてやつは片っ端から首を絞めてやりたかったんだ。この心は怒りでいっぱいで、世界を止めてしまえるほどだった。そうならないためには、絶大な力を持った存在を考え出す必要があった――あたしの平手打ちを受けとめられるくらいのね……。

だからあたしはそのために神様を考え出して、そのために信仰心を得た。ほかの女たちと一緒になって、毎晩ちいさな聖像画にお祈りをした。もし信仰心を試されるようなことがあったら、もしもイエスやらどっかの聖人やらが書かれた板切れのために死ねと言われるようなことがあったら、少しも躊躇わずに命を落としただろう。あたしはいつも跪《ひざまず》いては、神様が元気でいますようにって祈った。逃げたりいなくなったりしませんように。そうしてこの数年まで神様が無事に君臨してたのは、あたしがあの手紙を待ってたからだ……。

ここにきていま、あたしの人生がようやく終わるってときになって――神様が、ほかでもない、あたしが考え出した神様が、あたしをアルツハイマーにするなんてことを思いついたんだ、あたしを恐れてね。神様はこの目をまっすぐに見るのが怖いんだよ。だから、なにもかも忘れさせようってしてる。アルツハイマーは神様への道のりを邪魔しようとしてる。あたしがアルツハイマーになったのは、神様があたしを恐れているなによりの証拠なんだ」

言葉が見つからなかった。おかしな場面だ。深夜もとうに過ぎて、ばあさんと男が話し込んでいる。神様の話題に言うべきことなどなにもない。神について話せるのは、人間のことがなにもかもわかっているときだけだ……。

「収容所には何年いたんですか」

僕はちいさな腰掛けから立ちあがり、足の痺れをほぐしながら訊いた。

「一〇年だよ」

「刑期より前に釈放されたんですか」

「ああ」

「それから？　旦那さんは見つかったんですか？　娘さんは？」

「なんだか疲れちゃったね……続きはまた明日にしようか……」

「でも、明日になったら忘れてしまうかも……」

「いやいや、頼むよ。明日は早起きしなきゃいけないからね！」

僕は従った。食材の入った買い物袋はその場に残して踊り場に出ると、一瞬で家に帰り着く。部屋は静かで、がらんとしている——二度目の人生は、がらくたを溜《た》め込《こ》むにはまだ早い。僕は歯を磨いて電気を消して、真新しいベッドに倒れこんだ。

怖い夢をみた。僕はコンサートホールにいた。目も眩《くら》むようなホールに着飾った人々がいる。素晴らしい音響設計に、有名な指揮者。交響曲の楽団と……ＭＲＩ装置。普通ならグランドピアノが置かれているはずの場所に、白い氷山のような装置が鎮座している。拍手が送られるなか、なぜかドレスではなく男物のタキシードを着たラナが舞台に現れる。ラナはトロンボーン奏者たちのあいだを抜け、ビオラ奏者たちの前を通り、チェロの首席奏者と握手をし、引き出された樹脂製の寝台に横たわる。会場はしんと静まりかえる……。

一人の打楽器奏者が装置のところにきてスイッチを入れ、ラナの姿はゆっくりと装置のなかに隠れていく。指揮者はタクトをあげて一呼吸おいてから、機械に動けと合図を送る。装置から発せられる高速の電流が金属コイルを振動させてビブラートをかける。コンサートはMRI装置のソロで始まった。ガンガンという不快な音がしきりに繰り返される。その音は一瞬で一二五デシベルに到達し、続いて交響楽団のすべての楽器が演奏を始めるが、ソロパートの装置の音には敵《かな》わない。恐ろしい音楽だ。悲しくて、耐えがたい。痛みの旋律。あらゆる音符を苦しみが、あらゆる響きを――死が貫いている。嫌な曲だ。僕はラナにこんな曲を演奏してほしくないのに、聴衆はどうやら満足そうにしている。最後の和音が鳴り響くと、会場は拍手に包まれた。人々が口々に「ブラボー」と叫ぶなか、僕は黙っていた――ラナがアンコールに応えて再び装置に入ることのないようにと祈りながら。

ロシアの神とは　なんなのか
説明して　しんぜよう
これが私の　わかる限りの
神の輪郭　なのである

吹雪の神　悪路の神
つらく苦しい　道の神
馬車駅は　ゴキブリだらけ
これぞロシアの　神である

飢えの神　寒さの神
貧乏人が　そこかしこ
赤字ばかりの　領地の神
これぞロシアの　神である

垂れた胸と　××の神
わらじと　太い足の神
苦々しい顔と　すっぱいクリームの神
これぞロシアの　神である

果実酒の神　漬物の神
抵当に入れられた　農奴の神
男も女も　旅団長（デニス・フォンヴィージンの戯曲に描かれた無知な田舎貴族）
これぞロシアの　神である

聖アンナ勲章を首から下げた　すべての者の神
ブーツも持たぬ　屋敷番の神
家来が二人の　ソリの神
これぞロシアの　神である

馬鹿者どもには　恩恵を
賢い者には　手厳しく
いつでも　おあいにくさまの

これぞロシアの　神である

外国から　入ってきたものは
似合わないし　高すぎる
いつも一足　遅れてる
これぞロシアの　神である

さすらいの　よそ者の神
われらのところへ　お寄りになった
とりわけ　ドイツ人の神（当時エリート層に多くいたバルト・ドイツ人）
これぞロシアの　神である

ピョートル・ヴャーゼムスキー
モスクワ、一八二八年

朝九時に玄関のベルが鳴った。今日は荷物もこないはずだから、おそらくばあさんだろう。ところが玄関先にいたのはタチヤーナばあさんではなく、若い女性だった。

「おはようございます！」

女性は微笑み、パイを差し出した。

「おはようございます……」

僕は目をこすり、答える。

「レーラです。下の階に住んでるの。ご挨拶に伺ったんだけど……」

（さすが都会だな）と、僕は思う。（朝の九時から美人さんがご挨拶におでましとは）

レーラは台所に入っていき、テーブルにパイを置くと、窓辺に近づいた。僕は電気ケトルのスイッチを入れて冷蔵庫をあけ、なにを出そうかと考える。ご近所づきあいの作法なのだろうか、彼女はほんの数秒キッチンを観察し、それから出窓に腰掛けた。僕はティーカップを並べ、窓の外を見やる。窓の向こうでは保育園の園庭で子供たちが枯葉を集め、錆びたロケット形の遊具の下に溜め込んでいる。

「あの子たち、どうして枯葉を集めてるのかしら」

「飛び越えたいんですよ」

「銀河系を?」

「いえ、柵を」

会話が途切れる。なにを話したらいいのかわからなくて、昨日家具と一緒に届いたラジオをつけてみることにした。

「音楽をかけてもいいですか。昨日買ったんだけどまだ動くかどうか試してなくて」

「ええ、もちろん」

ラジオはついた。いくつかチャンネルを回していると、レーラが「そこにして」と言うので、そのチャンネルでとめた。子供たちはまだ枯葉を錆びたロケットの下に溜め続けている。

「あの、あなたのお話を聞いたんです……」

レーラは不意にラジオを消して、言った。

「そうですか……」

「それで私にできることがあれば、って思ったんだけど、いいかしら。いままでやったことないけど、でも娘さんの面倒をみることはできると思うの。女の子でしょう?」

「ええ」

僕は小窓を閉めながら答えた。

「オッケー。じゃあ、またくるわ。あ、部屋のなかでタバコは吸わないでね。じゃあ、今晩でいい?」

「今日ですか」

「そう。ね、映画でも見ましょう」

「はあ、ではぜひ……」

「コメディー映画でいい？」

「いいんじゃないでしょうか……」


僕はレーラを見送ろうと踊り場に出た。ふととなりを見ると、ドアに新しい赤い十印がある。ばあさんが、今度は自分の家のドアにも書いたんだな。

「ここにお住いのかたを知ってるの？」

「ええ」

と、僕は答える。

「つらい過去をお持ちって聞いたけど……」

「そうなんですよ」

「結局、家族を見つけられなかったみたいね」

「どこでそんなことを？」

「この部屋を買ったときに、不動産屋さんに聞いたのよ」

「嘘だ、そんなはずない！」

「知らないけど、でも確かにそう言ってたと思……」

そのとき、となりの玄関があいた。ばあさんが踊り場に出てくる。

「おはようさん、サーシャ!」

「おはようございます」

「新居の寝心地はどうだい」

「上々です。どちらへ行かれるんですか」

「クロパティだよ。よかったら一緒においで。人は多いほうがいいからね」

「そこになにがあるんですか」

「タクシーを待たせてるんだ、行くのか行かないのかはっきりしなさい」

「ええ、行きますからちょっと待ってください」


タクシーのなかで聞いた話によると、クロパティというのはミンスク近郊のある区域らしい。一九三〇年代に粛清の犠牲になった人々の遺体が大量に発見された場所だという。秘密警察の組織によって、数万人もの人が銃殺された。

「そこに旦那さんと娘さんが埋葬されているんですか?」

水滴のついた窓ガラスの向こうに広がる見慣れないミンスクの街を眺めながら、僕は訊いた。

「いや、あたしの知ってる人は誰もいない」

「だったらなにしに行くんですか」

「あんた、越してきたばかりだったね」

「ええ」

「じゃあ知らないかもしれないが、政府はクロパティの碑を撤去して、墓地の上に環状線道路を敷くつもりなんだよ」

「道路のほうをずらすことはできないんですか？」

「それがどうしてもできないっていうんだ。そもそも肝心なのは、政治的要素が絡んでるってことさ。この国のトップは骨の髄までソ連思考だからね。あたしたちが粛清の犠牲者を大事にしてるのが気に入らないんだ。ここではスターリンは賞賛すべき存在であって、悪く言っちゃいけない。この墓地を守ろうって運動はもう何ヶ月も続いてるのに、政府はしぶとく潰そうとしてる。今日はクロパティにトラックやらブルドーザーやらをよこして、せっかく立て直された十字架を破壊する気らしい」

「そんな、信じられません。二〇〇一年にもなって、これだけ多くのことが明るみに出てるのに、そんなことをやろうとする人がいるなんて」

「サーシャ、あんたは純粋でいいね。でもまあ、いまからその人たちとご対面できるよ」


現地に着くと、そこには民族旗（白赤白のベラルーシ人民共和国時代の旗）を持った人々がいた。彼らの向かいには、それを上回る数の警察がいる。タチヤーナばあさんは僕に、ここに集まった人々の半分は民間人のふりをした国家保安委員の連中だからね、と言って、「気をつけるんだよ！」と忠告した。

霧雨《きりさめ》が降っている。張り詰めた空気だ。目の前でさらに増援部隊が到着する。茶色い迷彩服を着た若者たちがにこやかに仲間と挨拶を交わす。民衆の奉仕者。若者たちは互いに握手をし、報告書のためと割り切っているのか、特にやる気もなさそうに、慣れたそぶりで集まった人々を逮捕しはじめた。その場に漂う緊張感にもかかわらず、反対運動をする側とは違い警察側は少しも動揺する気配がないように見える。それどころか迷彩服の面々は上機嫌だ。活動家たちなど怖くないし、自分たちの仕事にも満足しているのだろう。警察の車両からは地元のポップグループの歌が流れていた——

あなたは　ドアをあけて
私はあなたの　耳元で囁く
私があなたの　神様よ
私の名前は　愛

私があなたの　神様よ
私の名前は　愛
もし　信じることができたなら
何度も何度も　信じるでしょう……

砂を積んだトラックが周りを取り囲んでいる。僕らの傍にはブルドーザーがある。たぶん、このブルドーザーで十字架をなぎ倒すつもりだろう。

「タチヤーナさん、墓地を守ろうとしている人たちは、タチヤーナさんなしでもきっと守り抜いてくれるんじゃないでしょうか」

「おや、どうしてだね。九一歳のばあちゃんが警察に逮捕されちゃいけないか?」

「ほんとうに、この人たちが十字架を倒すと思いますか?」

「あたしらが引きあげてしまえばね」

タチヤーナばあさんは僕にろうそくを渡した。ろうそくに火を灯し、手で覆う。誰かが僕らを立ち退かせるなんて最後の最後まで信じられなかったけど、あいにくその約三〇分後、何度か小規模な小競り合いが起こったのちに特殊部隊が攻撃をしかけた。警棒が振るわれ、ベレー帽がせわしなく動き回る。気がつくと僕らは完全に包囲されていた。僕は背の高い筋骨隆々とした男に突き飛ばされた。なんとかふんばったが、続いてタチヤーナばあさんが打撃を受け、砂の上に倒れた。

「クソッ、なにしやがる!」

僕らは砂の上を引きずられていた。殴られこそしないものの砂の上に倒され、引きずられた状態で護送車に連行されていく。背後ではまだ逮捕が続いているのが見えたが、もう僕には関係ない。僕はジャケットの砂をはたいて、ばあさんに微笑んだ。

「さすがの手早さですね。なにがどうなったのかもわからなかった。僕たちはどうして逮捕されたんでしょう」

「粛清の犠牲になった人たちの墓地を敬いにきたからだよ」

「お怪我《けが》はありませんか」

「ソ連の警護隊員に比べりゃ、この子たちなんて子犬みたいなもんさ」

「このあとはどうなるんですか。調書をとられるんでしょうか」

「そうだね。おおかた警官の職務妨害の罪を問われる」

「罰金ですか」

「だろうね」

「やばいな、パスポートも持ってこなかった」

「ばかだねえ、サーシャ」

「だって、どこに行くのか教えてくれなかったじゃないですか」


茶色い取調室。古びた机。机よりもさらに古い床。壁には厳《いかめ》しい顔をした大統領の肖像と、ぬいぐるみのうさぎが描かれたカレンダーが掛かっている。あとは椅子がふたつと、青い金庫と、白い有線放送受信機。

青い空では　おひさまが　光を大地に送ってる
裁判所では　取調官が　無実の罪を着せている
誰にって？　誰ってことない　とある一人の少年に
誰にって？　誰ってことない　とある一人の少年に

調書はわりあい素早く作成された。この警官も僕らどころではないらしい——同僚に、今夜は娘の誕生日会があるんだと話していた。タチヤーナばあさんは警官に、僕は家族の友達で、ばあさんのうちに遊びにきただけなんだと話している。デモに立ち会ったのは偶然だったと。取調官の許可を得て僕は母さんに電話し、グリーシャおじさんにパスポートを持ってきてもらうことにした。警官が僕たちの罪状を説明していると、タチヤーナばあさんは笑いだした——「おまわりさん、調書をとらなきゃいけないのはわかりますよ。それにあたしとこの若い子の罪が、暴言を吐いただけっていうのもありがたいことです。でもね、彼はいいとしてもあたしはどうでしょう。あたしはアルツハイマーでね、悪い言葉なんてみーんな忘れちゃったんです」

「タチヤーナさん」警官は書類に目を落として静かに答えた。「そうこちらを困らせないでくださいよ、もう調書は書いてしまったんですから。これ以上時間をとらせないでください。あなたがたみたいな活動家が、まだまだわんさといるんですから！」

継父は不満そうに、送ったほうがいいかと尋ねた。タチヤーナばあさんと継父があきらかに合わないのはわかっていたけれど、だからこそ僕はすぐに同意した。まず僕らは黙って暖をとる。継父はヒーターを入れてラジオのチャンネルを回す。ジョン・レノンが歌っている――

Imagine there's no countries
It isn't hard to do
Nothing to kill or die for
And no religion too
Imagine all the people
Living life in peace
……………
……………

歌が終わると、タチヤーナばあさんは話しはじめた――

「サーシャ、昨日の夜、あたしの娘について知りたいって言ってたね」

「そうです！」

「さて……いいだろう……。そうそう、いい仕事をもらえたってところまで話したんだったね。報告書、証明書、予定表。あたしは毎日そういった書類のタイプ打ちをして、ときには所長があたしの机の周りを行ったりきたりしながら喋る言葉を聞きとって、上部機関への手紙を打つこともあった――

セミョーン・ザハーロヴィチ殿
当地の現況についてお知らせします。
最も急を要するのは、依然として住居問題です。受刑者は、収容には不向きな掘っ建て小屋で暮らしております。これが、非常に狭い！　一人あたり一メートル四方もとれればマシなほうです。数段に仕切った巣穴です。はっきり言って、棺桶のほうが広いですね。当然のごとく、床はありませんし、屋根もありません。食料も劣悪で、そのせいで受刑者は病気になり死んでいきます。その他の点につきましては、おおむね良好と思われますし、計画は遂行するよう努めております。

あたしはその手紙にもっといろいろ書き足したかったけど、黙って言われた通りに打ち続けながら、一語一句を暗記しようと思った。いつか自由の身になったら、聞いたことをぜんぶ人々に話すために。実際に釈放されてみて、こんな真実は誰にも必要とされていないってわかってしまったのは残念だけど」

ばあさんは少しのあいだ黙っていた。継父のほうに目をやると、どうやら僕らの会話が気に入らないらしい。もっとも、おじさんは運転に集中しているふりをしていたけれど。

「それはともかく小屋に戻ってみると、ほんとうに数人の姿がなかった。飢えに暴力に、治しようのない病。ぽつりぽつりと、受刑者にとっては嬉しい空き場所ができている。それまでいた人が、いない。『タータ、覚えておきなさい。私たちは単なる種《しゅ》でしかないんだ……』」

タチヤーナは娘を見つける手がかりを探していた。死人の島、運命の難破。目を閉じては、洗濯物にアイロンをかけたり、アーシャをお風呂に入れたり、アーシャの服を洗濯したりするところを思い浮かべた。

「あたしたちはみんな、平和だったころは面倒に感じていたようなことを夢みていた。収容所にきて、不意にわかったんだ——『生活』って言葉がどれほど懐かしくてどれほど大切なものか。幸せのワルツ、心地よさの繰り返し。あたしは家に帰りたくてたまらなかった。だけど『矯正』っていう恐ろしい言葉が邪魔をしていた——」

『ここにくる前のことは、なにもなかったと思え！　食事も笑いも、友人も！　おまえらは人民の敵だ！　もう一度人生を始めるのが許されただけでもありがたく思うんだ！』

この矯正にはまず一〇ヶ月がかかった。そのあとさらに二〇ヶ月。娘の行方はいまだまったくわからず、タチヤーナは一年、二年と収容所の書類をタイプで打ち続けながら、娘の誕生日は静かにひとりで祝っていた。

収容所の「8号」小屋はタチヤーナにとって新しい家であるだけじゃなく、第二の大学にもなった。

「あたしはモスクワ大学を出てたけど、ほんとうに大事な知識はここで初めて得たよ。同じ小屋にいた人が、こんな話をしてくれた——

『ねえ、フンコロガシが馬のフンでなにをするか知ってる？　子孫のための家を作るの。フンコロガシはいつも急いでる、フンは陽が差すとすぐに干からびちゃうから。考えてる時間はない、機を逃さないうちに働いておかなきゃ、って。メスはフンを丸めて土に埋めるんだけど、埋める前にフンを洋ナシ型に整えて、上のほうに卵を産みつける。数日後、そこに幼虫が生まれて、フンをなかのほうから食べていく。そして幼虫はサナギになり、サナギは成虫になる。外の世界に出てきたフンコロガシは、親がどんな家を作ってくれたのかなんて知らないけど、まったく同じ家を子供たちのために作る。つまり、あたしたちもフンコロガシと同じなのよ。人が同族を苦しめるのは、それが必要だと思ってるからじゃなく、父親の代も祖父の代も、同じように苦しめてきたからなの。遺伝的記憶。人は人に危害を与え、与えられるようにできてるってこと』

『でも人間は、フンコロガシとはちょっとは違うと思いたいけど』

あたしは寝返りを打って言葉を返した。

それから、また別の人に（あとから知ったんだけど、有名な美術研究者だった）聞いた話もある——

『ねえターニャ、聖書にはイエスがどんな見た目だったのかを伝える叙述がまったくないって知ってる？　書いてないの。私たちはイエスがどんな姿をしてたのかを知らないのに、イエスが描かれた絵や聖像画は山のようにあって、それが私たちの思い描くイエス像を捏造《ねつぞう》してしまった。それで私たちはみんな、イエスがどんな姿だったのか知ってるような気になってる。髪が長くてあごひげがある人。もしいまあなたにイエスを描いてって頼んだら、問題なく描けるでしょう。スターリンも同じよ。ほんとうの最高指導者がどんな姿をしているべきかなんて誰にもわからないはずなのに、最高指導者はスターリンの姿じゃないといけないって刷り込まれてる。スターリンが最高指導者っていうよりも、すべての最高指導者はスターリンみたいな見た目じゃないといけないって。その想念って、通常考えられているよりもずっと根深いの。怖いのは、あと五、六〇年が経っても、スターリンは権力の座に登りつめただけの陳腐な悪党じゃなく、最高指導者なんだと思う人がいるかもしれないってことよ。あいにく単純な人間は、真実と描かれた真実の区別がつかないものだし、人間ってのは単純なものだから』

『あたし、実物を見たことあるの……』

『スターリンを？　ほんとに？　どこで？』

『外務省の部局で、少人数の講演会があったとき』

『で、どんな人だった？』

『肖像画とは違ってた。かなりのグルジア語訛《なま》りで、始終ふらふらしてた。見てて、いまにもばったり仰向けに倒れるんじゃないかって思ったくらい』

『そのうち、ほんとに倒れるわよ！』

『そうかしらねえ……』

あるとき、タチヤーナが紙切れにらくがきをしているのを見た部屋仲間が、自分の娘を描いてくれないかと頼んだ。

「描いてみたらうまくいった。『8号』に噂が広まった。そのときからあたしは、収容所きっての肖像画家になった。紙を確保するのは食料やアルコールを入手するのに劣らないくらい難しかったけど、自分の子供の肖像画を手に入れるためなら、誰もがほんのちいさな紙切れでさえも一週間分の煙草の蓄えと交換した。毎晩のように誰かがきては、となりに座って息子や娘の特徴を説明していく。数百の子供たちの瞳。悲しそうな子、楽しそうな子、太った子、痩せた子。もはや仕事を終えたあとの自由な時間はなくなって、ひたすら描いた。ソ連政府に攫《さら》われた子供たちのモンタージュ写真を作成するために……。

よその子はたくさん描いたけど、アーシャを描こうとしたことは一度もなかった。なぜかはわからない。たぶん、あまりにも怖かったんだ。そうでなくともあたしは幻肢痛に悩まされてた。娘はいないのに、しょっちゅう声が聞こえたり、手が触れたような気がしたりした。懐かしい笑い声が聞こえた気がして、あの子が収容所じゅうを走り回っているような錯覚に陥った。ほんとうに、あれでどうして気がおかしくならなかったのかが不思議だよ……。まあ、狂うのはまだ早いと思ったんだね――これからなにが待ち受けてるか、知らなかったんだから……」

あるとき、姐さんが息子の肖像画を眺めながら話した――

『古くから伝わる真実がある。人が生きていられるのは、この地上にやることがあるうちだけなんだ。やることがなくなれば人はすぐに死んじまう。つまりうちらは、どこか遠くのシャバの世界で夫や子供たちが待っているって、そのためだけに生きてるわけだ』

『待ってないかもよ』と、いつだったかフンコロガシの話をしてくれた女が答えた。『もう死んでるかもしれない。死んでるならやることなんかなにもない。そうだとしたら、なにをすればいいのさ』

『泣くんだね』

『泣く？　あたしらが泣かなくても、この世界は涙だらけじゃないか。あたしはもうやり残したことなんかなんにもないよ！』

『どうしたっていうんだい、あんた、夫は？　子供は？　ここにきたってことは、あんたの夫も逮捕されたんだろう？』

『もう夫なんかいないよ。感覚でわかるんだ。子供もいない。もう土に埋まってる。あたしももうすぐそこへ行くんだ……』

『そんなこと言うもんじゃないよ！』

『やめやめ。あんただってこんな話は聞きたくないだろ。せいぜい、デカブリストの妻ごっこ（一八二五年、専制と農奴制の廃止を目指して蜂起したデカブリストは多くがシベリア流刑となり、彼らを追った妻たちは夫への献身を讃えられた）でもしてればいいさ。どうしてわかんないんだろうね、あたしらの家族なんてとっくにいなくなってるって！』

タチヤーナはその言い合いを聞いていたが、話には加わらなかった。夫はおそらく銃殺されたのだろうと頭ではわかっていても、心は信じようとしなかった。彼女は以前と同じように、幸福な結末を願っていた。

「あたしはリョーシャとアーシャが生きてるって感じてたから、つまり実際、この世界にやり残したことがあったわけだ。あたしは信じてた——あと数年後には孤児院にアーシャを迎えに行って、一緒にパパを待って暮らそう。収容所にとられた時間をぜんぶ取り戻すために、一日に一時間か、多くても二時間くらいしか寝ないんだ。アーシャはすぐとなりで寝息をたてる。あたしはその横に座って、寝ているあの子を見守ろう。そういうときいつもあたしはちいさな女の子を思い描いてた。どうしても忘れちゃうんだよ、あの子がもう一五歳になってるはずだなんて……」

＋

一九五三年の春、スターリンの死から一週間後、収容所に魔法の言葉が響き渡った――「恩赦」。妊娠中の女や、子供が孤児院にいる女がまず釈放の対象になるという。それから、五年以上の判決を受けていた受刑者は刑期が半減されるという噂も流れた。収容所で八年を過ごしたタチヤーナに、突然チャンスが訪れた。収容所はかつてない高揚をみせ、タチヤーナもみんなと一緒になって喜んだ。まだ釈放の対象にはならない女たちは、警護隊員に頼んですぐにでも孕《はら》ませてもらおうとした。タチヤーナはこれまでにないほど集中して資料の作成に取り組んだ。長い年月を経て初めて、ソ連政府に感謝したい気持ちになった。長い長い別離の末、また娘に会えるかもしれないなんて、嘘みたいだ……。

ソ連邦最高会議

一九五三年三月二七日付

恩赦にかんする法令

ソ連の社会と国家の構造強化、国民の福祉および文化水準の向上、および市民の意識改善と社会的義務に対する誠実な姿勢の結果、社会秩序と法秩序が遵守されるようになり、犯罪件数は劇的に減少した。

ソ連邦最高会議はこれを受け、国家を脅かす罪を犯したわけではない囚人や、模範的な就労ぶりが認められ、今後は実直な労働生活に戻り社会貢献が可能とみなされる囚人にかんしては、これ以上の刑期継続は不要であると決議した。

ソ連邦最高会議の決定は以下の通りである。

一、刑期五年以下の者を収容所から釈放し、有期刑以外の処分も解除すること。

二、刑期にかかわらず、公的職務上・経営上の罪、およびロシアソヴィエト社会主義共和国の刑法における第一九三条四項a・七項・八項・一〇項・一〇項a・一四項・一五項・一六項・一七項aに該当する軍事犯罪と、諸共和国の刑法において相応する条項の軍事犯罪に問われていた者を、収容所から釈放すること。

三、刑期にかかわらず、一〇歳未満の子供のいる婦人と妊婦、一八歳未満の未成年者、五五歳以上の男性、五〇歳以上の女性、および治療不能な重病人を、収容所から釈放すること。

四、有期刑五年以上の者の刑期を半分に軽減させること。

五、次の事例にあてはまる進行中のすべての取り調べと、裁判を経ていないすべての判決については、その犯罪がこの法令の発布以前におこなわれたものである場合、これを撤回すること。

a　法により五年未満の有期刑、および自由の拘束以外の処分が定められている事例

b　当法令の第二条に定めた公的職務上・経営上の罪と軍事犯罪に該当する事例

c　当法令の第三条に定めた条件にあてはまる者が犯した事例

当法令の発布以前に犯された上記以外の事例のうち、法により五年以上の実刑が定められているものについては、裁判所が五年以下の実刑判決が妥当であると判断した場合は被告人を釈放し、裁判所が五年以上の実刑判決が必要と判断した場合はその刑期を半分に軽減させること。

六、当法令の条件を満たす事例により服役しすでに刑期を終えた者、あるいは当法令により刑期満了以前に釈放された者については、前科を取り消し、選挙権剝奪を撤回すること。

七、反革命罪、公有財産に対する多額の横領罪、強盗罪、故意の殺人罪により、五年以上の実刑判決を受けた者は、恩赦の対象としない。

八、ソ連および諸共和国の刑法については見直しが必要であり、現行法では刑法に値するとされている事例のうち、職務上・経営上・生活などに関わる軽微な犯罪については行政処分あるいは懲戒処分などの適用に変更するとともに、個々の犯罪に対する刑事責任を軽減する方針である。

ソ連邦法務省には、一ヶ月の期間のうちにこれらの提議を検討して原案を作成し、ソ連邦閣僚会議にかけたうえでソ連邦最高会議に提出するよう委任する。

ソ連邦最高会議　幹部会議長

K・ヴォロシーロフ

ソ連邦最高会議　書記

N・ペゴフ

でも、違った。釈放されなかった。大赦についての法令は三月二七日に施行された。第一条から六条までを読みながら、タチヤーナは幸福のあまり息が詰まった。第七条を読んで、気を失った。

意識が戻ったとき、ラジオからチャイコフスキーの交響曲第五番が流れていた。

「あたしはずいぶん長く目を閉じたまま床に倒れてたけど、しまいには所長がきて、あたしをつっついた」

『おいパフコワ、なんだ、こんなところに寝転がって』

『あたしは、第七条にあてはまるんですよね？』

『ああ、そうだ。人民の敵はきっちり最後まで矯正せんとな！』

『つまり、泥棒なら釈放されるのに、あたしはされないんですね？』

『そう、泥棒は釈放だが、おまえは違う——まったくもってその通りだ』

『でも、そんなのってないじゃないですか』

『ま、そんなこともあるさ。そんなことも。ただしストライキなんか起こすなよ。ほら、水でも飲んで、起きなさい。部屋のど真んなかで寝るんじゃないよ。独房にでも行きたいのか』

神様のいたずらだ。何年も前、タチヤーナは家族を救いたいがために、戦争捕虜の名簿から夫の名前を消した。一九五三年の春、運命がブーメランを返してきた。タチヤーナは机に向かい、釈放される女性たちの名前を名簿に打ち込んだが、そこに彼女の名前はなかった。

夏には『8号』は閑散としていた。受刑者タチヤーナはバラックに寝転び、釘で刻まれた自分の苗字を眺めて、ゲオルギー・イワノフ（一八九四〜一九五八）の詩をつぶやいた——

皇帝がいなくて　よかった
ロシアがなくて　よかった
神がいなくて　よかった

ただ　黄色い朝焼けと
ただ　冷たい星と
ただ　幾百万の年月だけ

誰もいなくて　よかった
なにもなくて　よかった
こんなに暗くて　活気もなくて

どこまでも　活気なく
どこまでも　暗く
誰も　助けてくれないし
助けなんか　いらない

その一年後、再び恩赦の準備がなされているという発表があった。今回は刑期の三分の二を過ぎた受刑者が釈放されるという。タチヤーナはまた外れた。一五年の刑期のうち、過ぎたのはまだ九年だ。ただ、一九五三年にはかつての刑務所での入院体験を繰り返しそうなほどのショックを受けた彼女も、今回はもう当然のようにそれを受けとめていた。

「ヘラクレイトスは『人生は死だ』って言ったけど、あたしはこのとき、ヘラクレイトスよりプルーストのほうが正しいんじゃないかと思った。人生は、時の流れのなかの努力なんだ――あたしたちは絶えず、生き残ろうとしてる」

タチヤーナは仕事机に向かい、書類を脇にどけて窓を眺めた。窓の外にはなにもない。

「あたしは、その日どういうわけか放送が許可されたらしいショスタコーヴィチを聴きながら、一生このまま釈放されないんじゃないかって考えた。ドイツ製のラジオ受信機を眺めて（一九四六年以降、収容所にはファシストの強制収容所で使われていた物資が、食器類を含め大量に送られてきていたんだ）、あたしは娘の姿を想像しようとしていた。あの子を最後に見たのは一九四五年の七月だ。九年前。九年が経った……。アーシャは三八年生まれだ……いまは五四年だから……もう一六歳になる……。体重は何キロだろう。どんな喋りかたをするんだろう。なにかに夢中になっているだろうか。好きなものや嫌いなものはなんだろう。この世界を憎んでいるだろうか。身長は何センチでどんな口調で、あたしとリョーシャのどっちに似てるんだろう。英語は忘れちゃったかな。ねえリョーシャ、いまどこにいるの……。あたしたちの娘は、一六歳になったんだよ……」

タチヤーナは一九五五年に釈放された。まるで何事もなかったみたいに。恩赦はされたが、前科は消えなかった。『じゃあな、パフコワ。元気でな！』

「外に放り出されただけで、モスクワに戻る許可は下りなかった。許可なんか無視してなにがなんでもモスクワへ戻りたかったけど、あの数年間で得たお金じゃ切符代も払えない。書類作成の仕事は労働とはみなされなかった(そりゃあまあ、あたしは非公式に働いてたんだからね)。お金もなければ、寝泊まりする場所もない。人生でもいちばん恐ろしい一ページさ。一〇年ものあいだ自由を夢みて生きてきたのに、いざ自由の身になったら自分から進んで収容所に戻ったんだから。塀の外で数時間を過ごしたのち、あたしはポドゥーシキンのところへ行って仕事をくれって頼んだ。次の朝にはまたいつもの仕事場の机に向かっていた。もう受刑者じゃないのに。スターリンの実験は成功したわけだ——更生機関じゃなく、人の運命そのものが牢獄になった。

あたしは自由の身になったのに、自らを収容所に押し戻した。ご用件はなにかな、パフコワ。ほらみたことか、ここの生活は劣悪だと嘆いていたくせに、戻ってこいとも言わないのに自分からくるなんて。ここで働きたいだと？　ふうむ……どうしたものかちょっと考えさせてくれ……。まあいい、長年のつきあいだ！　どうだ、やっぱりソヴィエト連邦は人道的だろう。おまえは立派に更生したわけだ。これで給料も支払えるし、寮の部屋も用意してやれる。喜べパフコワ。最高指導者を敬い、その死を悼みなさい。

まだ『家』には帰れなかったけど、やっと身元照会の請求をすることができるようになった。まずは代休をとって同僚に電車賃を借りて、スヴェルドロフスク（エカテリンブルグ）の住所案内所に出かけて、三つの照会を請求した――リョーシャと娘と、リョーシャの両親の。

『いつ返事をもらえますか』

『まったくわかりません』

無表情な職員が冷たく答えた。

「住所案内所だけで満足しちゃいけないのはわかってた。外務省、内務省、ＫＧＢにも手紙を出した。前科を取り消してモスクワに戻る許可をもらうための請願を裁判所に出して、それからわかる限りすべての孤児院に手紙を書いた。ほとんど毎日のように新しい照会を出した。以前はひたすら釈放の日を夢見て暮らしていたけど、今度は『名誉回復』と書かれた公文書が届くのを一心に待った。二人を探す旅に出かけたかったけど、どこへ行ったらいいのかわからない。リョーシャとアーシャのどちらが先に見つかるのかも。リョーシャはどこにいるんだろう。アーシャはどこにいるんだろう。リョーシャも一五年の実刑判決を受けていたとしたら、あと五年。二五年なら、さらにもう一〇年。（だけど、もうそんなのはちっぽけなことだ。戦争だって生き抜いたんだから、いまだって生き抜ける！）

あたしは一九五七年に名誉回復された。ソ連政府は謝らなかったけど、事実は認められた。理由が知りたいんですか。ええ、地方によっては行き過ぎもあったようです。あなたの場合、ちょっとこちらも熱くなりすぎたかもしれません。モスクワに戻りたいんですか。じゃあ、どうぞお戻りください。

モスクワには戻らずに、そのままミンスクへ行った。モスクワには父さんのお墓があるだけで、ほかにはなにもない。ミンスクにはリョーシャのお母さんがいた。あたしはここへきてから、リョーシャのお父さんが、酔って賭けをしたドイツ人将校に瓶で殴り殺されたのを知った。義母もリョーシャの行方についてはやっぱりなにも知らなかった。あたしはミンスクに残って、いま住んでる部屋で暮らすことにした。義母はベラルーシ科学アカデミーで翻訳の仕事をするように勧めてくれたけど、あたしは郵便局で働きたいって答えた」

「なんでまた？」

と、もはや聞いていたことを隠さずに、グリーシャおじさんが訊く。

「ある目論見《もくろみ》があってね……」

「あたしのできる仕事っていったら、書類関連の仕事だ。ソ連政府があたしを脅かせることは、もうなにもない。それで、あたしは他人の手紙を読みあさることにした。陰謀とか家庭のもめごとなんかには見向きもせず、子供が孤児院に入れられた人の手紙だけを探した。どうにかして娘の捜索を進めたかった。ここで重要なのは、誰もはっきりとはその話をしないってことだ――ソ連の人々はもうとっくに、暗喩で話す術を身につけていた。でも、それを仄めかす言葉は手紙のなかにあった。他人の手紙を盗み読めば、公的な照会の内容も察しがついた。その結果、同じように子供を探している母親を何十人か見つけだすことに成功した。

ポストにいくつもの手紙を投函《とうかん》し、電報を出して、あたしが個人的に興味を持った相手の家に出かけた。前置きも断りもなく、玄関先でいきなり本題に入る。そう、あのソ連時代に、あたしはだしぬけに、なにをしにきたのかを話した。

『あの、あなたも収容所にいたんですよね……』

『え?』

『あたしもなんです。娘さんは孤児院にいたんですか?』

『ええ』

『なかでお話を伺ってもいいでしょうか』

形式的な国勢調査じゃない、真の調査。元受刑者たちの国の歴史。タチヤーナは台所に通されると、依然として娘の行方がわからないことを打ち明ける。

『生きているのかさえ、わからないんです……』

部屋に案内し、わかることをすべて話してくれる人もいれば、黙って追い払う人もいた。もうなにも恐れていない人もいれば、また罠じゃないかと勘ぐる人もいた。恐怖の秘密にまみれた国家。ソヴィエト社会主義共和国――この国を団結させていたのは、実際、恐怖の秘密だけだ。沈黙の恐怖、物言わぬ記念碑のような社会。

『もうこないでください！』

『待ってください、まだお話ししたいことが……』

癒えない傷を抱えた人々は、それぞれのやりかたで癒している。ほら、これがオオバコだよ、タータちゃん。これが抗生物質で、これが平手打ち。忘れなさい！　いい？　嫌なことは思い出しちゃだめ！（ヨシフ・ブロツキーの詩のオマージュ）

あるとき外に出て、ふと工事現場を眺めた。そのとき、若い女の子に郵便鞄を引っぱられた――

『なにしにきたのか、知ってるよ』

『そりゃそうでしょ、あたしは郵便屋さんだもの！』

『ふざけないで。私たちがどうやって生きてきたのか知るためにきたんでしょ。あなたが初めてだとでも思ってるの？』

『違うの？』

『もちろん、いままでにもきたわよ』

『郵便屋さんが？』

『ううん、誰かのお母さんが……』


国家は、親族に行方を知らせる必要はないと判断していた。

『あなたにとってこの情報が必要かどうかなんて我々にわかるわけがないでしょう。もし必要なら、ぼさっとしてないで照会したらどうですか。ただ率直に申しますと、過去にこだわるのはどうかと思いますね。それで楽になるとでもいうんですか。なにをお涙ちょうだいみたいなことをやってるんですか、赤十字じゃあるまいし』

元受刑者たちは手がかりになりそうなものをそれぞれに持っていた。タチヤーナは娘の肖像画を持ち歩いた。

「そう、このときにはもうあたしは一〇〇枚だって娘の肖像画を描けた。少し違うところもあるかもしれないけど、でも不思議と、成長したアーシャはこんな感じだろうって想像がついた」

一〇歳のアーシャ、一五歳のアーシャ。

タチヤーナは、娘と同じ孤児院にいたかもしれない若者を見つけるたびに、すぐに肖像画を見せた。

『ううん、そんな子はいなかった』

『そう。もしよければ、どんなふうに暮らしていたか教えてくれる？』

『最初の院長先生のときはよかったけど、その先生が粛清されたあとはひどくなった』

「話を聞いてまわってわかったのは、子供たちも成人の受刑者と同じように警護隊員と警備員と警察犬の監視のもとに収容されていたってことだ。配給食を食べて暮らして、もちろん仕事もさせられる。週に五日、ちいさな鍬《くわ》を持たされた五歳児たちは畑に出されて畝を耕す。どんなわずかな力も、どれほど幼い力でさえも、偉大なる国家の建設に貢献しなきゃいけない。

ほかに知ったのは、子供たちが捕まえたネズミを食べていたことや、孤児院に入ってすぐに密告を覚えること、保育士にはいい人も悪い人もいて、真面目な人もいれば精神状態のおかしい人もいたこと。あとは、これもどこかの子があたしに教えてくれたんだが、孤児のなかには、これ見よがしに両親と縁を切る宣言をする子供もいれば、こっそり枕につっぷして、お父さんお母さんのために一生をかけて復讐してやるって誓ってた子もいたらしい。

そうしてあたしのソ連横断の旅が始まった。ペルミ、カザフスタン、クラスノヤルスク、スヴェルドロフスクをまわって、娘がいるかもしれない孤児院を次から次に訪れたけど、やっぱりアーシャはいなかった。

『いいえ、そういう子はうちにはいませんでしたね……』

そんなあるとき、ヤドヴィガに出会った。ヤドヴィガの夫はベラルーシで舞台監督をやっていたんだけど一九三七年に銃殺されて、息子は一九三九年に逮捕されていた。政府がこの一家を弾圧した理由は、ベラルーシに暮らしながら故郷の言葉で話していたという、ただそれだけだった。民族問題。ここには唯一の偉大なる民族だけが暮らすべきである。ヤドヴィガは夫の顚末は知っていたけど、息子がどこに埋葬されているのかは知らなかった。あたしたちは一緒に捜索を続けた。

あれは、一九六一年の四月のことだった。あたしとヤドヴィガはこの部屋にいた。宇宙飛行から帰ったばかりのユーリー・ガガーリンが、宇宙には神などいなかった、って言ったのを聞いて、ヤドヴィガは『それを確かめるためにわざわざ宇宙まで行かなくても、その辺の強制収容所に行けばよかったのに』って言った。あのときにはもう、息子は脱走を試みて射殺されたって、わかってたんだ。ヤドヴィガは続けた――

『また私たちの負けよ。やつらはこの先ずっとこの勝利に身を隠して、なにもかも無駄じゃなかったって言い張るつもりだわ……』

『無駄じゃなかったって、なにが？』

『なにもかもよ。皇帝一家の銃殺も、だるま船（内戦時代牢屋として用いられた）に乗せられて生きたまま水死させられた何千もの白軍兵も、いくつもの村が焼き払われたアントーノフの反乱（一九二〇～二一年の農民蜂起。農民が大量に虐殺され村が焼かれた）も、詩人の粛清も、ホロドモール（一九三二～三三年、人為的に発生させられた大規模な飢饉。ウクライナの被害が最大、カザフスタンやベラルーシでも膨大な死者が出た）も、強制収容所も――そのなにもかもが無駄じゃなかったって、やつらはこれから主張し続けるつもりでしょうね……』

『そんな、そうじゃなきゃ宇宙に行けなかったって思う人がいるみたいじゃない』

『あいにく、ほとんどの人はまさにそう思うものなのよ』

タチヤーナばあさんの言葉が途切れた。僕は窓の外を見る。そしてやっと、とっくに家に着いていたことに気づく。僕は新居を見上げる。ブラート・オクジャワの曲が流れた――

別離の年月　戦争の年月
鉛の雨が　背中に降り注ぎ
酌量は期待できず　司令官は皆　喉を嗄《か》らしていた……
そのとき　人々を率いていたのは
愛が指揮をとる　希望のちいさなオーケストラ

愛が指揮をとる、希望のちいさなオーケストラ。


「それで結局、娘さんはどうなったんだ」

オクジャワの歌を遮って、グリーシャおじさんが訊いた。

「あたしの娘がどうなったかって？」

「ああ」

継父は後ろに座ったタチヤーナばあさんのほうを振り向く。

「面白い結末を期待しているんだろうね。息を飲むような迫力のある結末を」

「真相が知りたいだけだ」

「真相？　真相なんて、誰が必要とするもんかね」

「この車に乗ってる大多数の人間だな」

「可笑しなことを言うね。この車、か……。車……あたしをめちゃくちゃにした車……あたしの娘はね……娘は……」


真相をいうならば、タチヤーナの娘は死んでいた……飢餓で。一六歳になどなっておらず、一〇歳さえ迎えていなかった。一九四六年の冬に、栄養失調で死んだのだ。タチヤーナが収容所で過ごしていた長い年月のあいだ、娘はずっと冷たい土の下に――ほかの子供たちと一緒の共同墓地にいた。ソ連政府は娘の棺も十字架も用意してはくれなかった。あったのは番号札だけ。公の書類では娘は心疾患で死んだことになっていた。タチヤーナは一九七〇年代に、アーシャが入れられたはずのカザフスタンの孤児院を見つけた。そこで娘がほかの六〇人の人民の敵の子供たちと一緒に眠っていた建物を見て、子供たちが草むしりをさせられていた畑を見た。写真を見せてもらうと、娘は恐怖に目を丸くして世界を見つめているような顔をしていた。それから娘が埋葬された場所へ連れて行かれた。

「『ここに十字架をたててもいいですか』って訊いたら、だめだって言われたよ。ここには十字架をたててはいけないことになっています、って」

『知るもんか！』って思ったね。車庫にいたカザフ人の男をつかまえて、墓をたててほしいって頼んだ。その男は二本の錆びたパイプを溶接して十字架を作って、孤児院の院長に止められたにもかかわらず、それを土に埋め込むのを手伝ってくれたよ。あたしは毎年カザフスタンへ飛んでその十字架を確認した。十字架はずっとそこにあった。細いけど、人の背丈くらいある。素朴だけど、気高い。あたしが望んでたのと、ぴったり同じ」

「旦那はどうしたんだ？」

タチヤーナばあさんの言葉をまた遮って、グリーシャおじさんが訊く。

「あたしが牢屋にいたころに、銃殺されてた。あとから知ったことだが、捕虜になったときにドイツ側の設計の仕事を引き受けてたらしい。リョーシャはソ連から押収された設計図を書き写すことで捕虜収容所では生き延びられたけど、ソ連政府からは逃れられなかった」

「ほう、要するにすべては正しかったわけだ！　そいつは敵に寝返ったから銃殺されたんじゃないか！」

「グリーシャおじさん……」

「いいんだよサーシャ、言わせておけば」

「ふん、なんだってんだ？　自分で言ってんじゃないか、旦那はファシストのために働いたって」

「そうだね、想像してごらん。収容所に入れられて、生き残るために設計図を書き写す仕事を引き受けた。あんただったら別の行動をとったのかもしれないけどね。じゃあ、あたしはもう行くよ。このドア、どうやってあけたらいいんだ？」

　タチヤーナばあさんが出ていってからも、継父は喋り続けた――

「嘘ばっかりつきやがって。おおかた娘だってどうもされちゃいないんだ。自分が捕まってるあいだ国が面倒みてくれてたんだから感謝すりゃあいいものを。ほっとけば路頭に迷ったはずじゃないか。まあ、ボケたんだろうな。粛清なんてもんはなかった――みんなでっちあげだ。ドキュメンタリー番組で見たぞ。スターリンは国を建て直そうと頑張ってたのに、いまごろになってボンクラ民主主義者たちがわざわざ書類を偽造してアーカイヴに混ぜ込んでやがるんだ、党の名誉を傷つけるためにな。ところがここベラルーシじゃそうはいかない！　そんなこたあ、とっつぁん《バーチカ》が許さねえ！」

　送ってくれてありがとうと言い、僕は家へ帰る。靴も脱がずに台所へ行き、冷蔵庫のドアをあける。ウォッカの瓶を取り出し、蓋をあけてひとくち飲む。

　僕はもう、ばあさんの話を知っている。ソ連にきて大学に入学したときのことも、愛する人と出会って母親になったときのことも。そして、ばあさんがなにもかも失ったのも知っているけど、ひとつだけわからないことがある――一九七〇年代には夫と娘の顛末を知っていながら、どうして自殺せずにいられたのか。三〇年も前に人生の終点に辿りついていたのに、それだけの苦難に満ちた人生を抱えて、どうしてまだ生きていられるのだろう。

　僕は電気を消し外に出て玄関の鍵を閉めたが、ばあさんの家に着く前に、行く手をはばむ人影があった――レーラが、ノートパソコンを片手に立っている。

「コメディー映画、持ってきた」

「そうだった……」

僕は一歩下がって答える。

正直なところ、レーラがきたのは嬉しかった。気遣いが胸に沁みる。もう何ヶ月も、僕に興味を持つ人なんていなかった。レーラは居間へ行き、パソコンをテーブルに置き、電源を入れて映画を流す。僕たちは真新しいソファーに腰掛ける。思い出のない家具。一〇分もしないうちに、レーラは不意に映画を止めて僕にキスをした。神の創造物などではなく、単なるひとつの種《しゅ》。（なんてこった）と僕は思う。（神よ、ベラルーシに幸あれ！）

ひとしきり終わったあと、僕たちは床に寝転んで天井を見つめた。レーラは僕の腕に頭をのせて、肩にキスをしながら尋ねる——

「なに考えてるの？」

「火星探索のこと」

「火星までどのくらいで行けるの？」

「九ヶ月」

「九ヶ月か……ふうん……ちょうど赤ちゃんが産めるくらいの長さだね」

「もう少し早いときもある」

「産むのが？」

「火星に着くのが」

「で、火星に行ってどうするの？」

「新しい人生を始めるんだ」

「ここで始めればいいじゃない」

「ここじゃ無理だ」

「どうして？」

「過去が許さない」

「でも火星に行く人だって、過去がないわけじゃないでしょ。積み重ねた知識があるからこそ、新しい星に移住できるのよ……」

「そう、そこが肝心なんだ。人は、完全に消耗してしまった人に対して、どう接したらいいのかを考えなきゃいけない」

「消耗した？　バカ言わないでよ。私たち、これからお互いを知っていくんだから」

「僕たちはそうかもしれない。でも人間はとうに終わった存在なんだ。なにも新しいことなんて起こらない。もし古い人間を送り込んだら、火星への旅も失敗してしまう」

「過去を忘れて、新しい人生を始めるなんてダメよ」

「ダメだけど、それしか道はないんだ」

数週間後。僕は寝室にいる。娘がまだ眠っている少しのあいだだけ、コーヒーを飲みながらテレビが観《み》られる。ロシア第一チャンネルで、「司祭の言葉」という番組をやっている。府主教が、十字架について語る――

「福音書によれば、十字架は――人の力ではどうにもできないような状況において生じる苦しみや痛みを表しています。

人が崇高な目的や理想や大義のために自らを犠牲にする例はたくさんあります。国家や勝利のために勇敢に忍耐強く困難に耐え抜く兵士は英雄的な行動をとることも多く、これは高度の自己犠牲です。子供のためにいかなる負担にも労働にも人生の困難にも耐えて献身的に尽くす母親は、往々にして本来持っている以上の力を発揮します。

そして、人にとって十字架を担う能力とは、この内面の力の発揮にほかなりません。

実際のところ人は自ら人生を困難にする原因を招き、それが失敗や不幸につながってしまうことも少なくありません。人は過ちを犯したり誤った目的を目指したり、軽率あるいは未熟な行動、悪意のある行為によって自らそれらの行為の犠牲になったり、親しい人々と争ったり、無分別な行動をとったがゆえに苦しんだり……といったことをするのです。そのような類の苦難は人の人生の十字架ではありません。なぜならそれは避けることができるものだからです。
福音書と教会の歴史は、はっきりと証明しています。十字架とは、それがもし、まことの神の十字架であるならば、決して耐えられないようなものではないと……」

（よく言ったもんだね！）と、僕は思う。そのとき娘が目を覚まし、僕はテレビを消した。

＋

タチヤーナばあさんの病気は進行していた。もう先は長くない。毎日会っていても、話を聞くたびに次々と新たな空白が広がっていく。記憶の消しゴム、運命のハサミ。ばあさんはもう、ロンドンで生まれてソ連にきたことも覚えていない。父親の名前もモスクワで通っていた小学校の名前も忘れた。残された時間はあと数週間だとわかっているから、僕は空いている時間はずっと、ばあさんと一緒に過ごしている。

「おや、そちらは奥さんか」

「いいえ、レーラです、下の階の。レーラのことも忘れたんですか」

「忘れたねえ」

「レーラも一緒にお茶を飲んでも構いませんか」

「もちろん。構わないどころか、とっても嬉しいね！」

「昨日は、七〇年代の半ばに養子をとろうとしたって話をしてくれましたね……」

「そうそう。男の子も女の子も。あたしは、ソ連の孤児院で子供時代を過ごすはめになってしまった子供たちを助けたかった」

「それで、うまくいったんですか」

「いや、断られた。理由はいくつもあった。第一に、検討委員の人たちによると、あたしは歳をとりすぎてた。第二に、あたしの過去が疑惑を呼んだ――

『あのねえ、パフコワさん。申し訳ないんですけど一応訊いておきたいんですが、旦那さんはどこにいらっしゃいます？』

『ご存じでしょうけど、銃殺されました』

『つまりは未亡人でいらっしゃるでしょう。こちらとしても不完全な家庭に子供を預けるわけには、ねえ』

『でも、たくさん愛情を注げると思います』

『あなたがなにをお考えかはこのさい関係ありません。ソ連の子供は、信頼できるかたに預けなきゃいけないんです』

『いい母親になれる自信はあります』

『しっかり育ててあげられるかどうかが問題なんです。収容所には何年いらっしゃったんですか』

『一〇年です』

『一〇年！　それはやはり痕跡が残らないわけはありませんよ。そうですよね、みなさん。その過去があるときひょいと顔を出したらどうなるか、想像するだけでちょっと……』

『なにが言いたいんですか』

『おや、なにをそんなにイライラしてるんですか、パフコワさん』

『イライラなんてしてません。ただ早く終わらせてほしいだけです。これ以上なにがしたいんですか？　まだいじめ足りないんですか？　娘と夫を奪い、人生の一〇年を奪い、あたしの運命を着服しておいて、これ以上まだなにか欲しいんですか？　だったらそう言いなさいよ！　惜しいものなんかないんだから！　なにもかも捧げろって、ソ連に学んだわ。あとはなにを言えっていうんですか？　どうして人を笑いものにするんですか？』

『誰も笑いものになどしていません。ただここにいる人に、あなたが怒りっぽい人だって証明してみただけです。まあ個人的には、こういう人がいい母親になるとは思えませんね』

あたしは席を立って部屋を出た。もう耐えられなかった。言いわけなんかしない。あたしだってわかってる——孤児院の子供たちをひきとるためには、あの試練を乗り越えなきゃいけなかった。でも、できなかった」

「死のうと思ったことはないんですか」

「なんだって？」

「それほどつらい体験をして、すべてが終わったあと、いっそ死んでしまおうとは思わなかったんですか」

「刑務所での自殺未遂のあとで、与えられた人生はまっとうしようと決めたんだ。まずは夫と娘を探さなきゃいけなかった。二人の死を知ってからは、二人の墓を見つけなきゃいけなかった。夫が捕虜にとられたっていうたったそれだけのことが、あたしに一生分のやることを用意してくれたわけだ。ほかの母親たちも助けたかったし、もちろん、いつかあの人を見つけることを願ってた……」

「誰を？」

「あたしが名簿に二回名前を書いた人だよ。あんた、どうして死ななかったかって訊いたけどね、答えは簡単だ。この世でやり残した最後の仕事があった——見ず知らずのあの兵士を探しだして、謝らなきゃいけなかった」

「あの、どうして謝らなきゃいけないんですか？」

と、レーラが不意に訊いた。

「おまえさん、話のいきさつは知ってるか？」

「ええ、サーシャに聞きました」

「じゃあなんでそんなこと訊くんだ」

「だって、わからなくて。どうして謝らなきゃいけないんですか？　謝らなきゃいけないことなんてなにもしてないじゃないですか」

「名簿に、その人の苗字を書いた」

「だからなんなんですか。それがなにかに影響するんですか。ほんとうにそんなことで半世紀も苦しんでいらっしゃったんですか？」

「おまえさんだったら苦しまないのか」

「もちろんです。そんなこと。なにが問題なんですか。仮にもしタチヤーナさんが架空の苗字を考え出して、偶然にもそういう名前の人がほんとうに存在して、その人がまったく身に覚えのない理由で逮捕されたっていうならまだわかります。あるいはタチヤーナさんがご自身の意思で誰かの死を招いたっていうなら。でも私の知る限りでは、そんなことなにもしてないでしょう。タチヤーナさんがどこかの兵士の苗字を二回書いたからって、それがなんだっていうんですか。そのせいでどうなったと思うんですか。もともと名簿にいた人なんですよね。じゃあなんの影響もないでしょう。二回取り調べを受けたとか、二回強制収容所に入れられたとでもいうんですか。秘密警察が特に念入りに調べて、二回銃殺したとでも思ってるんですか。わかりません、ほんとうにそんなくだらないことをずっと気に病んでいらっしゃったんですか？」

「その人の苗字に、注意を向けさせてしまったと思ったんだ……」

「そんなの妄想です、そんなことありませんよ！」

「それに、犯罪の片棒を担いでしまったようにも思えた。運命が用意した名簿というものがあって、そこにあたしは意図的に、とある苗字を追加したんだから」

「でも、それがなににになるんです。追加したってだけで。ある名簿があって、もともとあった苗字を二回繰り返したとして、その行為はどこにも影響もしないしなにも変わらないはずです――それのどこが犯罪なんですか？」

「あたしは五〇年のあいだ、それは良心に反する犯罪だと思ってきたが……」

「そんなこと絶対ないですよ！　もともとなかった苗字を追加したわけじゃなく、二回書いただけなんですから。死体を撃つみたいなものです――よくある悪行であって、犯罪なんかじゃないでしょう」

「その人がもう死んでるとわかってたならそうかもしれないけど、名簿を打ってたときのあたしはなにも知らなかったんだから……」

僕はレーラの腕をとり、もうなにも言わないほうがいいと暗に伝えた。タチヤーナばあさんは少しのあいだ窓の外を見やり、重い沈黙ののちに続きを話しはじめる。

「とにもかくにも、おまえさんからしてみればバカまるだしのあたしは、最後の捜索を始めた。リョーシャが埋葬された場所も、アーシャのお墓も、パーシカ・アザーロフが埋葬された場所だってつきとめたあとに残された、最後の闘いだ。あのとき二回名簿に苗字を打ち込んだ兵士の行方を調べなきゃいけなかった」

「それで、新たに照会を始めたんですか」

「ああ。探しはじめたけど、ただ今回の場合は覚えているのが苗字とイニシャルだけだったから、捜索は困難だった……。しかしまあ、この話はもうやめたほうがいいか……」

「いえタチヤーナさん、続けてください。レーラはそういうつもりで言ったんじゃないんです」

「私の代弁なんてしないで。私は文字通りさっき言ったことを聞きたかっただけで、気を悪くさせるつもりはなかったんです。タチヤーナさんがどうして罪の意識を感じていらっしゃるのかが、どうしてもわからなかっただけで……」

「タチヤーナさん、お願いします、話してください。いままでずっと、どんなふうに暮らしてきたのか……」

「どんなふうに？　普通だよ。手が仕事を覚えているうちは、地下出版のタイプ打ちをやった。ヤドヴィガと一緒に、家族を探している人たちの手助けもした。ねえサーシャ、ほんとうに、アーカイヴから資料を引っぱり出してくるのは、ときに収容所から受刑者そのものを引っぱり出してくるのに勝るとも劣らないくらい難しいんだね。それから、自由な時間があればずっと絵を描いていたから、一九八〇年代の末には大量にたまって、ヤドヴィガに展覧会をやったらどうかと言われたくらいだ。あたしは冗談で受け流したけど、ヤドヴィガは本気だった。ソ連崩壊とともに、あたしの絵は旅を始めた。確か一九九三年に、あたしは絵と一緒にミラノにも呼ばれたよ。そこからわずか一〇〇キロほどのルガーノの湖畔で愛しいロミオが待ってるのを思い出したあたしは、あのちいさなポルレッツァの町へ出かけた。あんたは笑うだろうが、ロミオはほんとうにいたんだ。六十数年ののちに、あたしたちはまたあのときと同じサン・ミケーレ横丁にいた。その昔、恋するロミオから身を隠したあのホテルはもうなかったけど、湖や山はそのままだった。とんでもなく綺麗だった。なにもかも信じられなかった。ロミオはあたしが誰だかすぐにはわからなかったけど、そのあと思い出して、当時あたしがいなくなって数週間は、ほんとうに近くのカフェで待ってたんだよって話してくれた」

「そのあとは？」

「そのあとは、もちろん、過去になったさ。

『幸せにしてた？』って、あたしはイタリア語で訊いた。

『幸せ？　まあだいたいね。家族にも恵まれて、子供は三人、孫が八人できた。自分の店も持てた。長男と一緒に車の修理屋をしてるんだ。次男はフィレンツェに移住して、末っ子はロカルノに出た。そう、たぶん幸せなんだろうね。サッカーだけはちょっと問題かな。わかるだろうけど、こんな田舎だからまともなサッカーチームがない。だからボローニャFCのサポーターになった。戦前は五回もイタリアのリーグで優勝してたのに、四〇年代以降は一度しか優勝できなかった。もし自分の人生でなにか変えられることがあるなら、別のチームを好きになっただろうな。で、君は？　家族はいるの？』

『ええ、いたわ……』

『僕に会うためにわざわざポルレッツァにきたの？』

『自分でもよくわからないけど……たまたま近くに用があって……。ねえ、あたしたちがどうして別れたのか、覚えてる？』

『いや。確か、なにか理由があって君が落ち込んだんじゃなかったかな。君は覚えてる？』

『ううん……』

あたしは嘘をついた」

「それからもたくさん旅をした。どういうわけかほとんどヨーロッパ全土をね。アーシャやリョーシャを描いた絵が、いまじゃベルリンやシュトゥットガルトやコペンハーゲンやリヨンで、個人コレクションに入ってる。ただ、どうやらここミンスクでは誰にも必要とされないみたいだけど。数年前にはジュネーヴでも展覧会がおこなわれた。あたしは予定の空いた日に、赤十字のアーカイヴを訪ねた。なんの審査もなく、何ヶ月も返事を待たされることもなく、ソ連との交信記録を見たいと言っただけで、こぢんまりとした部屋に通してくれた。アーカイヴの司書さんがいくつかの箱を持ってきて机の上に置いてくれて、あたしは、かつて赤十字とやりとりしていた交信の記録を調べ始めた。そうして、いろいろな文書のなかから、スイスの人々がソ連に送った電報や手紙に対する反応を事細かに記した記録を見つけだした」

一九四一年六月二三日付　電報

ソ連外務人民委員（モロトフ）宛に、彼らの支援をするために赤十字ができることを提示するとともに、ソ連にも、敵側に送るための負傷者と戦争捕虜の名簿を作成するよう依頼。

一九四一年六月二四日付　電報

赤十字赤新月ソ連支部に、昨日モロトフに宛てた依頼の報告をし、いかなる状況においても支援を惜しまない方針を伝える（返信なし）。

一九四一年七月九日付　電報

人民委員宛に、ジュノー（マルセル・ジュノー。スイスの医師、赤十字国際委員会の派遣員）の訪アンカラの件と、ドイツ、フィンランド、ハンガリー、ルーマニアが六月二七日付の電報で知らせた戦争捕虜の名簿交換に賛同していることを伝えた。

一九四一年七月二二日付　電報
人民委員宛に、イタリアとスロヴァキア両国が互いに負傷者と戦争捕虜の名簿交換に賛同していること、イタリアは戦争捕虜にかんする国際条約を批准する方針にあるということを伝えた。この問題に対する意見を要請し、ジュノー博士のアンカラ到着についても連絡した（八月八日付でヴィシンスキーから返答）（同様の電報を赤十字赤新月ソ連支部にも送信）。

一九四一年八月八日付　電報
ソ連外務人民委員代理ヴィシンスキーより、ソ連の見解としては、戦争捕虜の名簿交換を定めたハーグ陸戦条約を批准することは不可欠であると考えていると述べながら、戦争捕虜の条約批准について間接的に否定する旨の返信あり（添付資料参照）。

一九四一年八月一五日付　書簡
人民委員宛に、戦争捕虜の情報交換のためにすべての交戦国が承認している規則について詳述し、情報を送ってもらえるよう促す（返信なし）（同様の電報を八月二二日に赤十字赤新月ソ連支部にも送ったが、こちらも返信なし）。

一九四一年八月二二日付　電報

人民委員宛に、フィンランド政府は、両政府の意向が相互的であることが確認できるならばハーグ陸戦条約を批准する方針であり、その部局を組織するつもりであることを伝えた（返信なし）。

一九四一年八月二二日付　電報
モスクワ参謀本部情報総局より、アンカラのジュノー博士宛に、作成された名簿にかんする問い合わせと、ソ連国内で捕虜になっている軍人には家族にその旨を知らせる手紙を送る許可を与えているとの連絡あり。

一九四一年八月二八日付　電報
人民委員宛に、ルーマニアがハーグ陸戦条約を批准し、ソ連人の戦争捕虜の名簿を作成していることを伝えた（返信なし）。

一九四一年九月一八日付　電報
人民委員宛に、在イランのソ連代表が、ドイツの民間人の避難支援に同意してくれるか否かを問い合わせた。

一九四一年九月二五日付　電報

人民委員宛に、ジュノー、ラムザイアー両氏のビザを発行してほしいと依頼（返信なし）。

一九四一年九月二五日付　電報

赤十字赤新月ソ連支部に、できるだけ早く、名簿の送付、および我々の代表のビザ発行にかんする要請への返答をしてもらえるよう依頼（返信なし）。

一九四一年一〇月一日付　電報

赤十字赤新月ソ連支部に、救護班の仲介によりロシア人戦争捕虜に救援物資、食料、衣類を送りたいと申し出、ソ連側のために買い付けをおこなうことも可能であることを伝えた。また、ハーグ陸戦条約第一五条における互恵関係にかんする条項をふまえ、在ソ連ドイツ人戦争捕虜にも同様の支援物資を送りたいとの旨を伝えた（返信なし）。

一九四一年一一月一三日付　書簡

アンカラのソ連大使館のヴィノグラードフ宛に、ルーマニア政府が双方の合意を待たずに作成した在ルーマニアのソ連人戦争捕虜二七九枚の名簿を提出（返信なし）。

一九四一年一一月一四日付　電報

カール王子（カール・エドゥアルト、一八八四〜一九五四。三三〜四五年ドイツ赤十字代表）宛に、私たちはソ連と戦争捕虜交換の交渉をおこなう方針であること、ロシアは戦争捕虜名簿を送ってきておらず、私たちの代表のロシア派遣にかんする問い合わせにも返答がないことを伝えた。カール王子には、王子から提案と推薦の文書を書いてほしいと依頼(返信なし)。

一九四一年一一月一四日付　電報
赤十字赤新月ソ連支部、およびアンカラのソ連大使館宛に、赤十字赤新月ソ連支部と現在確かに連絡のとれる宛先を問い合わせた。また、イタリア政府がロシア人抑留者に対しても他の諸国の代表に対するのと同じように接していることを伝え、赤十字のアンカラ支部がドイツ、ルーマニア、イタリアから受け取った戦争捕虜名簿を送付していることを再度伝えた(返信なし)。

一九四一年一一月二〇日付　電報
ソ連人民委員、および赤十字赤新月ソ連支部に、私たちがルーマニアにいる二八九四名のソ連人戦争捕虜名簿を受け取ったこと、ルーマニア政府の意向により、その送付は相互交換の取り決めがおこなわれるまで保留する方針であることを伝えた(返信なし)。

一九四一年一一月二一日付　書簡
マドモアゼル・カンシュ(一八九六〜一九七九。アントワネット・カンシュ。スイス女性参政権運動の中心的役割を担った)は駐ストックホルムのソ連大使マダム・コロンタイ（一八七二～一九五二。アレクサンドラ・コロンタイ。若いころはロシアで革命家として活動し、ソ連で女性初の人民委員となる。第二次世界大戦当時はスウェーデン大使）宛に、赤十字国際委員会によるソ連政府への呼びかけを確認し、ジュノー博士へのビザ発行の重要性を伝えた（返信なし）。

一九四一年一二月二日付　書簡

ブルックハルト氏（一八九一～一九七四。カール・ヤーコプ・ブルックハルト。スイスの外交官、一九四五～四八年の赤十字国際委員会総裁）はマイスキー氏（一八八四～一九七五。イワン・マイスキー。ソ連の外交官、一九三二～四三年の駐英大使）宛に、国際赤十字の活動にかんする昨日の会談の内容を確認し、私たちの代表者たちへのビザ発行について再度問い合わせた。

一九四一年一二月六日付　電報

赤十字赤新月ソ連支部とアンカラのソ連大使館宛に、私たちジュネーヴがフィンランドからソ連民間人の傷病者四〇〇名の名簿を受け取ったことを伝え、ソ連からも相応する名簿を送付された場合にのみこれをソ連に送付できる旨を伝えた（返信なし）。

一九四一年一二月一八日

ロンドンのソ連外交代表とブルックハルト氏が、ソ連へ派遣する赤十字の代表団の候補名簿を見せて会談した結果、ソ連政府は前向きに検討する見込みとのこと。

一九四二年一月七日付　書簡
アメリカ赤十字のノーマン・デイヴィス（一八七八〜一九四四。アメリカ赤十字代表）より、ドイツ側は準備が整っているのに対し、ソ連側が互恵条件に応じる様子がないため、危惧しているとの連絡が入る。

一九四二年一月一四日付　電報
人民委員とマイスキー氏とマダム・コロンタイ宛に、マイスキー氏との交渉の結果として、ソ連に派遣される準備のできているスウェーデンおよびスイスの代表者候補名簿を送った（返信なし）。

一九四二年二月五日付　電報
人民委員宛に、ドイツとルーマニアのソ連人戦争捕虜に砂糖を配給する提案をし、ソ連のドイツ人捕虜にも同様の配給をすることができるかどうかを問い合わせた（返信なし）。

一九四二年二月二七日付　電報
人民委員宛に、ロシア人捕虜へのビタミン剤の提供を申し出、もし赤十字国際委員会の代表をソ連に派遣することを許可してもらえるならば、代表団の指導のもとでソ連のドイツ人捕虜にも同様にビタミン剤の提供をおこないたいと申し出た（返信なし）。

一九四二年三月九日付　書簡
ヴィナン氏に、私たちは赤十字の代表派遣の件についてソ連からなんら返答を得ていないこと、ソ連政府はこの派遣にかんして立場表明すらまったくしていないことを報告した。

一九四二年四月一日付　電報
人民委員宛に、ルーマニアから重傷の負傷者の本国送還を、互恵条件のもとにおこないたい旨の申し出があったことを伝えた（返信なし）。

一九四二年七月二三日付　電報
モロトフ氏宛に、フィンランド政府から要請のあった戦争捕虜情報の件について確認するとともに、名簿の交換を呼びかけ、代表団派遣についてまだ返答を得ていないことを確認し、簡単な情報交換でいいから応じてほしい旨を要請した（手紙はクルボアジェを介して伝えられたが、返信なし）。

一九四二年七月二四日付　書簡
モロトフ氏宛に、フィンランド政府からの情報交換の要請（ハーグ陸戦条約第一四条およびジュネーヴ条約第四条）を伝え、アンカラの赤十字支局を仲介しての情報の同時交換を提案するとともに、すべての交戦国と捕虜について相互に情報を交換することを提案。覚書を添付

（返信なし）。

一九四二年八月二八日付　書簡

モロトフ氏宛に、ルーマニア政府から一〇一八名のソ連人の就労不能捕虜を、ルーマニア人捕虜情報と交換したいという申し出があったことを報告（返信なし）。

一九四二年一〇月五日付　電報

赤十字赤新月ソ連支局宛に、今年の七月と八月にフィンランドのソ連人捕虜収容所の視察をおこなったこと、当地でアメリカからの物資配給があったことについて報告。権限のあるソ連の機関に周知してほしい旨を伝えた。

「あたしは記録文書を脇にどけて涙を拭いて、アーカイヴの職員に訊いてみた。遥か遠い昔、五十数年も前に外務省の廊下で同僚に訊かれたのと同じ質問をしたんだ――

『どうしてこんなことをしたんですか?』

『なんのことでしょう』

『どうしてこういった電報や手紙を出し続けたんですか?』

『どういう意味ですか』

『ソ連は数千もの自国民捕虜を返してもらおうとしないどころか、ごく簡単な情報交換にすら応じようとしなかった。それがわかっていながら、どうして電報をよこし続けたんですか?』

『それが私たちの倫理にのっとった使命だからです。それに赤十字の人々は、ほんとうにソ連が自国の兵士をどうでもいいと思っているとは信じられなかったんです。赤十字の職員の多くは、作成された書類に不備があるせいでソ連から返答がないんじゃないかとも考えていました』

『それでも、送り続けたわけですね……』

『私たちはいつも、いかなる政府、いかなる団体であろうと、反応してくれる人はどこかに必ずいると考えていました。一〇人のうち九人までは応えてくれなくても、一〇人目は必ず読んで、なにかしらの反応をくれると』
『残念ながら、ソ連にかんしては過大評価でしたね』
あんたは、あたしがなぜ生きてたのかって訊いたね。この三〇年間、どうやって生きる力を見つけてきたのか、って。あの日ジュネーヴで、あたしは自分でもそう思った。どうしてあたしはまだ生きてるんだろう。あたしが生きてるのは、待ってたからだ。三〇年間、あたしは、自分自身を納得させられる公文書が届くのを待ってた。たったひとつ知りたかったのは、あの見ず知らずの兵士の運命だった。そうして一九九九年の一二月三一日、新年まであとわずか数時間というときになって、郵便屋がうちのドアのベルを鳴らした」

＋

「目を疑ったよ。郵便屋は封筒を差し出してすぐに立ち去った。まあ、どんな奇跡を運んできたのかわかっているはずもない。あたしは台所に入って腰をおろした。封をあける決心がつくまでずいぶんかかった。ようやくなかを見たとき、あたしは三〇年以上探してきたその人が、生きているって知った。あんなに喜んだのは、捕虜の名簿にリョーシャを見つけたとき以来かもしれない。ヤドヴィガに電話して、きてもらった。あたしたちは急いで支度をして、空港へ向かった。ミンスクからモスクワへ飛び、モスクワからペルミへ。新年は空港で迎えた。

まだ暗い明けがたにちいさな町に着いたとき、あたしは思わず涙が出た。ちょうど、収容所から出所してすぐに住んだ町にそっくりだったんだ。恐ろしい世界だよ、町の中心になる建物が刑務所なんだから。死の大地だ。

指定した住所の前でタクシーの運転手があたしたちを降ろしてくれたのは、朝の七時半だった。庭の犬が吠《ほ》えた。こんなに朝早くに人の家を訪ねるのは失礼だと思ったけど、その田舎家にふと明かりが灯った。ヤドヴィガは犬を怖がったけど、その飼い犬は鎖に繋がれてたし、収容所であれだけの年月を過ごしたあたしは、どんな犬かくらいすぐにわかった。強面《こわもて》な犬だけど凶暴じゃない。九〇歳のばあちゃんにだって怖くない犬だ。あたしは踏み固められた小径を歩き、ドアをノックした。数秒後に、おじいさんがドアをあけた。

『ヴャチェスラフ・ヴィクトロヴィチ・パフキンさんですか』

『そうだが』

『入ってもよろしいでしょうか』

パフキンさんはなにも答えなかった。あたしは、目の前にいるのはまさに探していた兵士だってわかった。捕虜になったことがある人は、余計な質問はしないものさ。入ってもいいかと訊くと、おじいさんは黙ってあたしたちを家のなかへ通した。

パフキンさんは椅子に座って、膝の上に両手を置いた。あたしたちは土間に立ったままだった。あたしが前で、少し後ろにヤドヴィガがいた。暑かったけど上着は脱がなかった。おじいさんは黙ってあたしを見てた。

『ルーマニアで捕虜にとられた経験をお持ちですか』

『ああ』

パフキンさんはほとんど声を出さずに頷いて答えた。

『戦時中、外務省に勤務していた者です。あるとき、あなたのお名前の入った戦争捕虜名簿が送られてきました。残念ながら、その名簿には夫もいました。夫の苗字はあなたの苗字の次にありました。もし夫の苗字を消さなければすぐにでも逮捕されると思い、恐怖を感じました。人民の敵の妻——あなたは、もちろんこの言葉を覚えておいででしょう。私は極秘文書に携わる仕事をしていたこともあり、娘の身を危険にさらしたくない思いもあって……』

パフキンさんは黙ってこっちを見てた。わずかに頭を揺らしてたけど、それがチック症のせいなのか頷いているのかわからなかった。でも、いずれにせよ注意深く聞いてくれているみたいだったから、あたしは先を続けた。

『その書類を見たとき、夫の名前をルーマニア名簿から外すことにしたんです。書類が秘密警察に送られることをわかっていながら、夫の苗字を消してあなたの苗字を二度打ち込みました。あなたのことはまったく存じあげなかったし、お子さんやご家族がいるかどうかも知らなかったけど、そうすることによってあなたやあなたのご家族を二重の危険にさらしてしまったんです。自分と自分の夫が助かるために、あなたを犠牲にしたんです……』

パフキンさんは依然としてなにも言わなかった。あたしはパフキンさんを見て、うまく振舞おうと気をつけた。ねえサーシャ、信じられるかい。ありとあらゆる経験をして九〇年も生きてきても、まだどぎまぎすることがあるんだ。あたしは、自分とまったく同じくらいの年頃のおじいさんを見つめながら、正しい言葉を探し続けた。

『三〇年あなたを探していました。七〇年代からあらゆる機関に照会を申請して、ルーマニアの捕虜名簿にあった人々を探しました。それで昨日ついに、あなたが生きているっていうことがわかる書類を受け取りました。その書類にここの住所が書いてあったので、深く考えもせずに、すぐにきてしまったんです』

『なにしに?』

あたしは、どうしてそう訊かれたのかを悟った。最も苦しい瞬間だ。これだけの年月を経て、あたしはこの人に謝り、許しを請う機会を得た。でも、果たしてそこに意味はあるのか。二〇〇〇年。この人も八〇代だ。あたしはこの人に、家族を返してあげられるわけじゃない。

『なにしにここへきたんだ？』

パフキンさんはあたしのほうに向き直り、もう一度訊いた。

『謝りたくて……』

『なにを？』

あたしは思った——パフキンさんは、あたしがもっと、なにもかも包み隠さず話すように促してるんだ、って。

『今日ここへ謝罪しにきたのは、あのとき、開戦直後に戦争捕虜の名簿を受け取って、それを翻訳したときに、翻訳した文書から故意に夫の名前を消して、あなたの名前を二回書いたからです。今日ここへ謝罪しにきたのは、その名簿を改竄したことについて……』

『名簿って、なんの？』

『あなたのご家族に被害を与える原因となった名簿です』

『しかし、うちの家族に被害など出ていないが……』

『え、どういう意味で？』

『そのままだ。うちの家族に被害などない』

『でも、ルーマニアで捕虜になったんですよね？』

『なった。最初はルーマニアだったが、そのあとはほかの捕虜収容所にもいた』

『戦争捕虜の名簿が秘密警察に送られて、捕虜の家族が片っ端から逮捕されていたことはご存じですか？』

『いいや。そんなことはまったく知らん。俺は一九四五年に解放されて、帰ってきた。うちの家族には誰も手を出さなかったし、弾圧もまったく受けていない。妻は五年前に脳卒中で死んだが、息子と孫はアルハンゲリスクにいる』

『ということは、あなたもご家族も粛清を受けなかったんですか？』

『だからさっきから受けてないと言っとるだろう！』


あたしは泣き崩れた。その人の無事が嬉しくて、運命の巧妙さに驚いて。レーラ、おまえさんは正しいよ、あたしがばかだったんだ。自分の見当違いに気づくために、半世紀かかることもあるんだね。道に迷ったんだ——数千キロも進んだ先は行き止まりだった。一九四一年からずっと人を陥れてしまった罪で悩んでいたのに、つい去年、パフキンさんの家へ行って初めて、逮捕はあのルーマニアの捕虜名簿にのっとっておこなわれていたわけじゃなかったって気づいたんだ。

あたしたちはパフキンさんの家を出て、中央広場に向かった。タクシーの運転手はスターリン像の前で待っててくれてた。あたしたちがパフキンさんと話していたほんのわずかな時間に、誰かがスターリン像のちいさな頭を打ち壊したらしかった。あたしたちはまた空港まで送ってくれと頼んだ。タクシーは雪の積もった道を走りだした。

確か話したと思うけど、あたしは何十年も前に収容所で神様を考え出した。それに、アルツハイマーになったのは、神様があたしを怖がってるからだって話もしたね。ペルミから戻ってきたとき、ここの不動産屋の感じのいいお姉さんは、あたしが記憶を失っていくのは、神様があたしを愛しているからだって言ったよ。あのお姉さんの考えによれば、神様は寛大だから、人生の最期にそうやって優しさを表明してるんだ、って。人生の恐ろしい瞬間を忘れることは、あたしを助けてくれる、ご褒美みたいなものだって……。

まあこれは、いかにも部屋を売りさばいている人らしい意見だね。お姉さんは、神様が手品師さながらあたしを騙しおおせると思ってるみたいだけど、そうはいかない。ほんとうだよ、ねえサーシャ、あたしがそこへ行くときにはね、これはもう一〇〇〇パーセント確信してるんだが、神様がいくらがんばったって、あたしはなにも忘れやしないよ、絶対に」

＋

タチヤーナばあさんは一二月七日に亡くなった。葬儀に立ち会ったのは、僕と不動産屋と母さんとレーラ。あとは画家が何人かと、ばあさんの絵を持っている人たち。友達のヤドヴィガは葬儀にはこなかった。彼女はここ数ヶ月病床に臥《ふ》せっている。生きる意志を失ってしまったからだろうか。それはわからないにせよ、僕は時々見舞いに行っている。

タチヤーナばあさんはもういない。ばあさんの部屋にはじきに新しい住人が越してくるだろう。ドアに描かれた赤い十印を見ながら僕は、まだひとつだけ疑問が残っている――と考える。どうしてパフキンは家に帰れたのに、タチヤーナばあさんの夫は銃殺されたのか。

ばあさんの話によると戦争中彼らはずっと一緒にいて、一緒にいくつもの捕虜収容所を渡り歩き、四五年に同時に解放されたという。つまり家に帰るのだって同時だったはずのところを、一人はなぜか銃殺され、一人は家に帰されて勲章まで受け取っている。

この謎が頭から離れなかった。ラナの墓参りのためにエカテリンブルグへ行った帰りに、僕は友人に頼んで一日だけ車を貸してもらった。目的の村に着くと、例のスターリン像には新しく不釣り合いに大きな頭が取りつけられていた。パフキンの家を探しだしてドアを叩く。数秒後、痩せた老人がドアをあけた。

「ヴャチェスラフ・ヴィクトロヴィチ・パフキンさんですか」

「そうだが」

「こんにちは。エカテリンブルグからきた者です。お話を伺ってもよろしいでしょうか」

「ああ」

僕は家に入る。わびしい家だ。独り身の男の暮らす小屋。そしてすぐに気づいた——壁かけ絨毯《じゅうたん》の上に、スターリンの肖像画がある。

「あのですね、ひとつ質問があって伺ったんですが……」

「なんだね……」

「アレクセイ・パフコフという人をご存じですか、あなたと一緒に捕虜にとられたかたです」

「覚えてるとしたら、なんだ？」

「そのかたについてお話ししていただけませんか」

「なにを？」

「すべてです。どんな兵士でした？」

「まず、パフコフは断じて兵士ではない。兵士だったのは俺だ。あいつは破壊工作の準備にしか携わらなかった」

「すみません、僕の言いかたが間違っていました。それで、どんな人だったか覚えていますか？」

「仮に覚えてるとして、だからなんだっていうんだ？」

「パフコフさんがどうして亡くなったか、ご存じですか」

「あいつの死因など知ったこっちゃない。仲が良かったわけじゃないからな」

「だとしても……銃殺されたのをご存じですか」

「それがどうした」

「何年も捕虜として生活を共にした人なのに、ほんとうに、そんなにどうでもいいんですか？」

「あのなあ、あいつは確かに同じバラックにいたが、俺は毎日重労働をさせられ、あいつはドイツ人どもの暖かい部屋で図面なんか描いてやがった。俺はへとへとに疲れて足元もおぼつかないのに、あいつは仕事から戻るとバラックで議論してやがる——なにもかもみんなスターリンが悪いんだ、スターリンはヒトラーと同類の暴君なんだってな。次の収容所でも俺はやっぱり重労働で、あの乞食野郎は暖かい仕事場を見つけてきた。根性なしだよ、パフコフってやつは、売国奴の虫ケラだね！」

「そうですか。では捕虜から解放されたあと、ソ連で秘密警察の収容所には入りましたか」

「そりゃあ入ったさ。ほかのやつらと同じだ。でも俺はソ連に対して後ろ暗いところはなんにもなかったから、すぐに釈放されたけどな！」

「どうやって釈放されたんですか」

「簡単なこった！　俺はすぐに協力を頼まれたから、言われた通りに洗いざらいを話した。そのパフコフってやつのことも、ほかの同じような反ソ連的なやつらのことも。いまになって、当時粛清というものがあって、みんな強制収容所に入れられて銃殺されたとか言われてるが、あんなのはなにもかもでたらめだ。俺は二度の取り調べを受けただけで、ちゃんと丁重に扱われたし、話し終わったら家に帰してくれた。ソ連政府は、まっとうな人間には決して手出しはしなかった！」

「じゃあ、大多数の人たちはあなたと一緒に釈放されたんですか」

「知らん、釈放されたときは俺一人だった」

老人は外へ出た。僕もそれに続く。老人はシャベルを手にとり、僕は車に乗り込む。老人は雪の積もった道をゆっくりと歩いている。僕は「送りますよ」と声をかけたが、老人は断った。そうしてようやく僕たちは中央広場に着いた。僕にはわかる――老人は最高指導者の像の周りの雪かきをしにきたんだろう。

＋

タチヤーナばあさんの死から一年が過ぎ、僕は石材店へ出かけた。石材職人に一枚の紙切れを差し出し、こういう墓碑銘を刻んでいただけますか、と尋ねる。

「墓石のタイプはお決まりですか」

「ええ、赤い御影石《みかげいし》の十字架でお願いします」

「はいはい、できますよ。墓碑銘もその通りに刻みましょう。お安い御用です」

十字架はそれから数日で完成した。僕は配送と設置を頼んだ。職人たちは丁寧に素早く設置していく。

暖かくからりとした一一月のある日。僕たちは北墓地にいる。墓碑の上では木立がざわめく。陽の光が御影石に刻まれた文字を照らし、僕は、ばあさんの最後の、僕たちすべての人々に向けられた言葉を読む――

安らかに眠らせてください

十

訳者解説

歴史のなかへ――この本が書かれた経緯

一九八四年にミンスクに生まれ、二〇一四年に現代ベラルーシ社会の閉塞感を青年と祖母の目から描いた『理不尽ゲーム』でデビューしたサーシャ・フィリペンコは、その後も現代社会を主題とした作品を書き続けていた。たとえば長編『いじめ』(二〇一六年)は、子供のいじめの構造がいかに大人社会にもはびこっているかを描いた作品だ。だがあるとき、書店イベントをおこなっていたフィリペンコに一人の青年が歩み寄り、話しかけた――「すごい資料があるんだ、ぜひ小説に書いてくれないか」。

青年の名はコンスタンチン・ボグスラフスキー。本書『赤い十字』の冒頭に献辞が捧げられている若手歴史研究者だ。「あの瞬間、僕の作家人生は変わった」と、フィリペンコは語る。二〇二〇年のベラルーシ大統領選挙の不正とその後の警察による一般市民への暴行が世界に知られるようになったいまでこそようやく注目を浴びるようになった『理不尽ゲーム』だが、当初は長らく(同書冒頭の「作者からのメッセージ」にもあるように)「そんな(に酷《ひど》い)はずはない」という感想が寄せられていた。ベラルーシの内情は、すぐ近くのロシアにさえあまり知られていなかった。二〇二一年九月現在は一時的にスイスに滞在しているフィリペンコだが、いまだに一部の人からは「政権の大規模な不正や暴行はほんとうなのか、証拠はあるのか」と訊かれることもあるという。

直面した者にとっては紛れもない現実であり、日常にのしかかる重苦しい恐怖であっても、知らない人、興味のない人にとっては、にわかには信じがたい「嘘のような話」に響いてしまうことがある。現代社会の問題を描く難しさ、伝わらないもどかしさに直面していたフィリペンコは、ボグスラフスキーとともにアーカイヴを巡り、資料のなかにやはり圧政に苦しむ人々を見出す——そうだ、ここにいたのだ。広く知られているはずの歴史のなかに、描かなければいけない個々の人々がいる。

ロシアにおいて第二次大戦期の資料は、ソ連崩壊後にアーカイヴの公開が進んだとはいえ、まだ一般には知られていないものも多い。そのひとつが、赤十字国際委員会との交信記録だった。本書に登場した資料はすべて実在し、多くはフィリペンコとボグスラフスキーがともに集めたものである。しかしなかには現在も閲覧できない資料もある。その一部はペレストロイカ期にいったんは公開されていたが、近年では再び重い扉の向こうに閉ざされてしまっている。フィリペンコはスイスの赤十字本部にも赴き、記録を請求した。当地では請求の際に難しい手続きなど一切なく、すんなりと出てきたので拍子抜けしたという（この経緯はそのまま小説終盤のタチヤーナの叙述に生かされている）。

そうして完成された『赤い十字』は、現時点でフィリペンコの作品のなかで最も多くの言語（フランス語、ドイツ語、英語ほか）に翻訳されて世界的な評価を受け、ロシアでも二〇二〇年にキリル・セレブレンニコフ率いるゴーゴリ・センター（モスクワ）でセミョン・セルジン監督による演劇化作品が上演され注目を浴びた。同じベラルーシ出身のノーベル文学賞作家スヴェトラーナ・アレクシエーヴィチも、フィリペンコを「デビュー直後から真剣な作品を書く稀有《けう》な作家」と称賛している。

ひといきに読める小説を――文体と内容

この本は、さほど長くない。何巻にもわたる長大な作品が書かれてきた伝統のあるロシア文学のなかでは、むしろコンパクトな小説だ。しかし実は当初はこの二倍ほどの分量があった。掘り出した資料も多く、書きたいこと、伝えたいことも次々に出てきて長大になっていったという。だがひとたび書き切ると、今度は徹底的に削る作業に入った。

作者はこう語る――「『赤い十字』を読む人には、一晩か、長くても二晩くらいで読んで、思いきり作品世界に入り込んでほしかった。何者にも邪魔されずに読み切ってほしかった。そうして、もしその人にとってなにか得るものがあったら、きっとまた思い出して、戻ってきてくれると思うから。そのために分量を削った。簡潔に、それでいて不足なく伝わるだけの最適な長さになるまで」。

分量を削ったもうひとつの理由は、小説内に登場する資料である。「アーカイヴであまりにも雄弁な資料に出会うと、しばらく打ちのめされたように地の文が書けなくなることもあった。余計なことを書きたくなかった」。その資料に語らせるように、余剰な装飾を削ぎ落とすように完成されたテクストは、緩みのない緊張感を保ちながら容赦のない現実を描きだす。本文二一八頁にオマージュが登場するヨシフ・ブロツキーの原詩は、その様式を端的に示しているようでもある――「愛ゆえに子供が生まれる／そして君は世界にひとりきり／闇のなかでよく口ずさみ／聞かせた歌を覚えてる？〃これはネコ、これはネズミ／これは収容所、これは見張り台／これは静かな内密の時／パパとママが殺される」。

この小説にはほかにも詩や歌の引用が含まれるが、それらは決して文学的遊戯のために引いてこられたものではなく、それぞれに明確な役割を担っている。構成を見ても全体として細部にわたり衒《てら》いのない、あらゆる意味で明瞭な小説だ――

主人公である三〇歳の青年サーシャは、ロシアからベラルーシの首都ミンスクに越してきて、隣家に住むタチヤーナおばあさんと知り合う。彼は母親が再婚相手と暮らしているという理由でミンスクに越してきたものの、ベラルーシのことはなにも知らない。つい最近自分に降りかかった不幸で手一杯で、街の歴史になど興味もない。ところが、アルツハイマーを患いながらもなかなか元気なおばあさんは、なかば強引に自らの生涯を語り始める――ロンドンに生まれ、革命期に亡命の波に逆行するようにソ連に戻った風変わりな父に連れられてモスクワへやってきた。外国語の知識を生かし外務人民委員部（ソ連外務省）のタイピストになり、第二次大戦期には赤十字国際委員会からの電報を翻訳していた。赤十字の主な要求は、捕虜名簿の開示と捕虜の交換、待遇改善などだったが、ソ連当局は応じず、返信すらしない。そんななか、タチヤーナは戦地に赴いた夫の名前をルーマニアの捕虜名簿に見つけ、とっさに「隠さなければ」と考える――捕虜にとられた者は敵に寝返ったものとみなされ、家族ともども銃殺か収容所送りだ。赤十字がよかれと思って送ってきている捕虜名簿が、ソ連政府にとっては「裏切り者の名簿」だということを彼女は知っていた。タチヤーナは幼い娘を抱えながら黙して働き続けるが、いつ逮捕されるかわからない恐怖に絶えず怯えるようになる。

最初は聞きたくもなかったタチヤーナおばあさんの話を聞いているうちに、主人公は自らの背負った悲しみが共鳴するのを感じ、いつしか深く考えるようになる――ソ連の歴史を、そして現在のロシアやベラルーシを。その話への導入のために、「自分の不幸で精一杯な青年を主人公に据える必要があった」とフィリペンコは語る。

だからこの小説の主人公は、「作られた読み手」でもある。私たちは日常に自らの苦悩や悲しみを背負い、本を開く。そこで語られる物語に興味をそそられなければ、いつでも本を閉じる権利を持ったうえで。けれどもタチヤーナには、「そうはさせないぞ」といわんばかりの強引さと、人間的な魅力と、壮絶な人生がある。また主人公のサッカーの審判という職業は、はじめは「夢中になれる」面白い仕事として描かれるが、のちにそこには「裁く」というテーマが重なる――「審判にとっていちばん大事なのは、罰則を選ぶ基準だ。〔…〕選手たちにはっきりと境界線を知らせなきゃいけない――どこまでが許され、どこからファウルをとられるのか。僕はそれを公正さの感覚と呼んでいる。そう、なにもかも独裁者や神様と同じだ」。彼の抱えた悲しみと日常が、いずれもタチヤーナの背負った歴史と読み手をつなぐ比喩のように作用していく。

小説の世界――鍵と象徴

この小説には、ほかにもいくつか鍵となる言葉や象徴的な事物がある。例えば「橋」だ――冒頭でサーシャは自らを「橋」に喩える。最愛の人の死を体験したばかりでありながら生後三ヶ月の娘を抱えた彼は、知らない街で自らの身を橋にしてこの先の人生に挑まなければならないと感じる。また中盤では、タチヤーナがみる夢のなかで建築家の夫リョーシャが造った木の橋が印象的に登場するほか、外務人民委員部のあったクズネツキー・モスト（鍛冶屋の橋）という地名、スターリン期のモスクワ住居移動を描いた詩に登場するカーメンヌィ橋《モスト》（石の橋）、降りかかる厄災の前触れのようにリョーシャの建築事務所の設計した橋が崩壊する事件、リョーシャが戦地で「橋を爆破」する工作をおこなっているという情報、サーシャがタチヤーナの話に共感したときに、起爆装置が作動し急ごしらえの橋が崩壊していくと喩える場面など多岐にわたっている。それらをつないでいくと、まるで人の生の営みそのものが、死の危険を目の当たりにしながら断崖絶壁に橋をかける作業のようにも思えてくる。

あるいは銅像だ。現代のロシアでタチヤーナが友人ヤドヴィガとともに赴いた村には、一度壊され修復の際にサイズを間違えられたという、妙に頭のちいさなスターリン像が立っている。ところが次に見たときにはまた壊され、最後にサーシャが見たときには不釣り合いに大きな頭がつけられている。収容所で語られていた「あと五、六〇年が経っても、スターリンは権力の座に登りつめただけの陳腐な悪党じゃなく、最高指導者なんだと思う人がいるかもしれない」という懸念が、壊しても壊してもグロテスクに蘇ってくるかのようだ。

そしてむろん最大の鍵は、タイトルにもなっている「赤い十字」である。タチヤーナが自分の家を忘れないようにドアに描く赤い十印という一見他愛ない印は、あまりにも多くのものを背負っている——友人パーシカの生まれ故郷ジェノヴァの旗とイギリスの旗に含まれる共通の由来を持った印は、第二次大戦期には容易に「敵」とみなされかねない危険な出自の象徴になる。タチヤーナが錆びた鉄パイプで作る墓碑の十字架は作中で唐突に登場し、あとからその経緯が語られる印象的なモチーフだ。しかし作品の中核をなす赤十字のマークは、赤十字自身も主張してきたように、宗教的意味合いを持つものではない。にもかかわらず十字架というキリスト教的な連想を呼び、キリスト教に対する反感の強い地域での救援活動では赤十字のマークが標的となり医療チームに死傷者が出た歴史もあり、そのため地域により赤新月などの形に変えて活動をおこなってきた。象徴は、あまりに多くのものを意味するようになると、個々の事例をつぶさにみていかない限りなにもわからなくなる。ではタチヤーナが翻訳し続けていた赤十字の電報の裏には、どのような視点があったのだろう。

赤い十字と私たち——ソ連から日本へ

第二次世界大戦期の赤十字国際委員会の活動については日本語でもそれなりに書籍が出ているが、今回の小説との関連で興味深いのはマルセル・ジュノーの著した手記——邦訳『ドクター・ジュノーの戦い——エチオピアの毒ガスからヒロシマの原爆まで』(丸山幹正訳、勁草書房、一九八一年)である。手記は一九三五年の序文から始まり、第三部では第二次世界大戦のさなか捕虜の待遇改善を求めるジュノーの奔走が、第四部では原爆投下翌月の広島の様子が記される。『赤い十字』の二三八〜二四六頁の資料内に登場する「ジュノー博士」は、幾度もソ連入国のビザを請求し、返信をもらえずにいるが、その経緯がジュノー自身の視点から語られているのだ。

彼の行く先々で視察を拒むのは、ジュネーヴ条約の批准の有無である。ドイツで「イギリス人収容所と鉄条網一つで隔てられた」ソ連人収容所を視察しようとしても、「ソヴィエトは条約に加盟していません」と断られる。私的な訪問としてレポートも書かず写真も撮らない約束でようやく中を見せてもらえるが、すぐとなりのイギリス人収容所との明らかな落差に愕然とする。だが待遇改善を訴えても、ソ連がドイツ人捕虜の情報を開示しようとしないこと、ジュネーヴ条約を受け入れないことを理由に断られ、苦しむ人々を目前になにもできない。この捕虜たちもまた、『赤い十字』のなかで描かれていた、あの「返信不要」の犠牲になった人々である。

ジュノーは開戦当初、ロシアとドイツの捕虜問題の解決のためソ連入国を試み、返信を得られず断念していた。だが彼のソ連入国は思わぬ形で実現する。一九四四年、日本に派遣されていたパラヴィチーニ博士の死去を受けて後任として東京へ赴こうとしたとき、ジュノーはニューヨーク、サンフランシスコ、ウラジオストク経由という当時としては最も簡単な方法で行こうとしたが、日本側は「敵領内を通過した後、我が国に入ることは許されない」と拒否した。そこで彼はモスクワからシベリア鉄道に乗り満洲経由で日本に向かう。ソ連はようやく通過のみの許可を出した。シベリア鉄道で九日間、その最終日に彼は、窓の外に目を凝らして無念に思う――「ソヴィエトには何千ものドイツ人捕虜がいる。それに捕虜でなくても、自由を剝奪された人々が多数いる。収容所の見張り台や囲いはどこにも見えなかったが、私はこの九日間敢えて言わなかったが、それを捜して絶えず注視していた」。ジュノーは収容所があることを知っていたが、立ち入る許可はついに下りず、ただ「ドストエフスキーの小説」で描かれたシベリアを頼りに、その実態を案ずるしかできない。そして辿り着いた日本でも、彼はやはり捕虜や市民の扱いにかんする問題を多く見出すことになる。

そもそも、捕虜になった者は国家の裏切り者であるという発想、「勇敢な兵士は捕虜になどならん！」とタチヤーナを苦しめ続けたソ連の方針は、私たちにとってもひどく身につまされるものである——「生きて虜囚の辱を受けず」。長らくジュネーヴ条約を批准しようとしなかった国、ソ連と日本。戦後、赤十字国際委員会が特に問題のあった処遇としてとりあげたのが、「東部戦線〔独ソ戦〕の捕虜処遇」、「ユダヤ人迫害」、「日本軍の捕虜処遇」であり、これらは「文明の敗北」と呼ばれた（「二つの世界大戦と赤十字」小菅信子著、『日本赤十字社と人道援助』黒沢文貴・河合利修編、東京大学出版会、二〇〇九年、二九六頁）。この歴史をいかに記憶するかという問題を考えるとき、この小説の問いは新たな実感を持って私たちに投げかけられる。

記憶を抱えて現代へ

本書の「現代」は二〇〇〇年から二〇〇一年、ちょうど二〇世紀と二一世紀の狭間である。いわば近未来ならぬ「近過去」だが、近過去というのは一般的に小説の題材としてはよほどの理由がない限り書くのが難しい時期でもある。それをあえて選んだ最もわかりやすい理由は、タチヤーナおばあさんの年代だ。アルツハイマーを患った九一歳の女性。第二次大戦期に子供ではなくすでに大人になっていた世代が語ることのできた、ぎりぎりの時期。だがそのもう一段奥にある理由は、これが「世紀の移り変わり」であるということだ。そのことは、タチヤーナが言う「二〇世紀が終わろうとしていた」という言葉——時代が移り変わる、という意識とともに発せられた彼女のメッセージを考えるとき、より強く読み手に委ねられる――

フィリペンコの作品が往々にしてそうであるように、ここには壮大な比喩がある――記憶の喪失と闘う彼女に、人類が積み重ねてきた知恵の、歴史の忘却に対する闘いが重なるのだ。傍目には、忘れてしまいたいのではないかと思えるほどつらい記憶。だからアルツハイマーになったのは神様の優しさだと慰める不動産屋の意見などつっぱねて、タチヤーナは断固として語る――「神様がいくらがんばったって、あたしはなにも忘れやしないよ、絶対に」。そうして小説の末尾でタチヤーナは、「僕たちすべての人々」に対し、切に訴えている。その言葉の前に立った私たちには見据えなければいけない過去があり、現在がある。アルツハイマーにさえ勝つような覚悟で「なにも忘れやしない」と心に決めていた彼女が、いつまでも安らかに眠れるように。

＊　＊　＊

最後になりましたが、たいへんな状況が続くなかで翻訳上の質問に快く答えてくれた作者フィリペンコ氏と、いつもたいへん親身になって的確なご指摘とご質問をくださる集英社編集部の佐藤香さんに、心より感謝を申し上げます。

サーシャ・フィリペンコ　Саша Филипенко

1984年ベラルーシのミンスク生まれ。サンクトペテルブルグ大学で文学を学ぶ。テレビ局でジャーナリストや脚本家として活動し、2014年に『理不尽ゲーム』で長編デビュー、「ルースカヤ・プレミヤ」（ロシア国外に在住するロシア語作家に与えられる賞）を受賞した。本書は4作目にあたる。現在も母国を離れて執筆を続けており、ノーベル賞作家スヴェトラーナ・アレクシエーヴィチからも高く評価されている。

奈倉有里（なぐら・ゆり）

1982年東京生まれ。ロシア国立ゴーリキー文学大学卒業、文学従事者の学士資格を取得。東京大学大学院博士課程満期退学。博士（文学）。2021年、博士論文が東京大学而立賞を受賞。著書に『夕暮れに夜明けの歌を』（イースト・プレス）、訳書にミハイル・シーシキン『手紙』、リュドミラ・ウリツカヤ『陽気なお葬式』（以上新潮クレスト・ブックス）、ボリス・アクーニン『トルコ捨駒スパイ事件』（岩波書店）、サーシャ・フィリペンコ『理不尽ゲーム』（集英社）など。

装画＝ササキエイコ
装丁＝川名 潤

Красный Крест

赤《あか》い十字《じゅうじ》

2021年11月30日　第1刷発行

著　者　サーシャ・フィリペンコ
訳　者　奈倉有里《なぐらゆり》
発行者　徳永 真
発行所　株式会社集英社
〒101-8050　東京都千代田区一ツ橋2-5-10
電話　03-3230-6100（編集部）
03-3230-6080（読者係）
03-3230-6393（販売部）書店専用
印刷所　大日本印刷株式会社
製本所　加藤製本株式会社

ISBN978-4-08-773510-9 C0097

定価はカバーに表示してあります。

集英社

サーシャ・フィリペンコの本

『理不尽ゲーム』

奈倉有里　訳

10年の昏睡から生還した青年が見たものは、ひとりの大統領にすべてを掌握された祖国と、理不尽な状況に疑問を持つことも許されぬ人々の姿だった――。ベラルーシのディストピア的現状を文学の力で暴く、渾身のデビュー作。ルースカヤ・プレミヤ受賞。（四六判）